JN178627

好奇心100 & 警戒心0。この子はペンギンですか？

タカハシヨウ

MF文庫J

口絵・本文イラスト●楠ハルイ

プロローグ

俺はシャチと呼ばれている。

親しみを込めたあだ名ではない。本名の仁野鋭《じんのえい》からもじったわけでもない。これは、俺が盛大にやらかしてしまったせいでつけられた悪名だ。


あれはこの高校に入学して間もない頃。

俺は持ち前の引っ込み思案を存分に発揮し、クラスで飼っている熱帯魚のトーマスしか話し相手を作れずにいた。しかも、

「死んでる……っ！」

彼との付き合いは数日で終わった。あんまりだ。放課後の教室で色鮮やかな水死体を目にしたとき、俺は膝から崩れ落ちて泣いたよ。

どうやら日直が水温を管理する機械の設定を間違えたらしい。わざとやったわけじゃないだろうが、俺は恨めしくなり黒板に書かれた日直の名前を確認した。

――――犯人は当時俺が気になっていた女の子だった。

これが決定的に事態をややこしくした。トーマスの死は悲しいが、そのせいで好きな子が責められるのも見たくなかった。それなら――、

「俺がやったことにするか……」

あの子には平穏な日々を送ってほしかったんだ。

彼女を庇《かば》うためには一手間必要だった。この状態のまま俺が名乗り出ても「いや私ですけど」と奇異の目で見られるだけだ。俺は一考の末、水槽に加工を施すことにした。あえて水を汚しておき、うっかり何かをこぼした俺こそが原因だと主張する……という作戦だ。

そうと決まれば何を水槽に投入するか。

教室で生徒が間違えて落としても不自然ではない物がいい。それでいてパッと見で異変が伝わるほど色味が強く、殺傷力もありそうだと尚《なお》よし。

俺は校内の自販機で、まるで誂《あつら》えたような最高の凶器に巡り会った。

「チゲスープ缶……？」

強烈な赤。刺激物。まさに俺が望んでいたものじゃないか！

俺は嬉々《きき》として購入し、天国のトーマスに謝罪しながら少しずつ水槽に流し込んでいった。二缶ほど投じたところで水をじんわりと赤く滲《にじ》ませることに成功して、下準備は完璧と一人ほくそ笑む。

だが、事は予定通り進まない。

翌日朝早く登校すると、水槽はすでに先生に撤去されていた。せっかくの偽装工作はクラスメイトたちに見せられなかったんだ。

トーマスの不在にクラスはざわついていて、真犯人の彼女が誰かに「昨日の様子はどうだったの？」と尋ねられていた。その表情が不安げだったものだから焦《あせ》ったよ。今にも「自分が昨日何かしたのかも」と言い出しそうだった。

ＨＲで担任が犯人探しを始めた瞬間、俺は慌てて動いた。

「みなさんにお知らせです。実は昨日熱帯魚が――」

「俺です！」

食い気味の自白。だって早く彼女を安心させてあげたかったんだ。

――残念ながら、この行動は大失敗だった。

先生は何故《なぜ》か怯《おび》えていた。震えが止まらない自分の肩を抱き、恐る恐る俺に尋ねた。

「じ、仁野《じんの》くん……？　どっどどうして……水槽に血を混ぜたの……っ!?」

「……え？」

今「血」って言いました……？

「水が赤くなってたの！　どういうことなの!?　さ、さ、魚を殺しちゃおうってだけで怖いのに、『血を飲ませて殺す』ってどんな発想なのよぉ……！」

「えぇ!?　違いますよ！　あれは――」

「一体誰の血なの!?　仁野くんは怪我《けが》とかしてないわよねぇ!?」

とんでもない誤解だ！　俺はどこからともなく血液を仕入れ、みんなのペットに飲ませて命を奪った変態殺魚鬼だと思われていた！　しかもその犯行を自ら食い気味で発表しちゃったのである！

途端に教室は静まり返る。俺が誰とも話さず過ごしていた暗い奴《やつ》だったせいか、クラスメイトたちが先生のトンデモ推理を真に受けてしまっている気配を感じた。どうにか言い逃れなければ社会的に死ぬ。

「あ、あれはチゲスープです！　ほら、自販機で売ってるじゃないですか！　転んだ拍子に水槽に落としたんです！」

「チゲスープを落とした……？」

赤＝血なんて短絡的だろ。魚の死体というグロテスクなものとセットで目にした影響があったのかもしれないが、先生の発想の方がよっぽど猟奇的じゃないか。

だが先生の表情は曇ったままだった。なぜなら、俺は凶器がどうとか言う以前の致命的なミスをしていたのだ。

「それもおかしくない？　チゲスープだとしても、そのまま放置することないじゃない。まだ助けられたかもしれないでしょう？」

「あ……」

トーマスがすでに死んでいたと知らない人からすれば俺の行動は不可解だ。わざとこぼしたわけじゃないなら必死でトーマスを助けようとするはずなのだ。

しかし俺は「ヤベ！　これじゃトーマスが死ぬ！　よ〜し、このまま帰っちゃお☆」という奇妙な決断をしていることになる。彼女を庇《かば》おうとするあまり証拠を残すことに固執して、正常な判断ができていなかった。これじゃ最低でも愉快に見殺しにしたことは確定しているし、さらに言うならそんな危険人物は……、

「本当にうっかりこぼしただけなの……？」

根底から疑われる。そりゃそうだ。俺の行動は不自然過ぎて、いっそ最初から意図的に殺そうとしていたと考えた方がまだ理屈が通る。混入物が血だろうとチゲスープだろうと、俺がバーサーカーであることはもう動かなかった。

「仁野《じんの》くん、どうしてこんなことしたの？」

「そ、それは……！」

生き残るには真実を全てぶちまけなければならなかった。でも、言えない。

い、い、いい、好きな子を庇おうとしたなんて……。

口ごもるしかできない俺の姿は追い詰められた犯人にしか見えなかっただろうし、ついでに凶器がチゲスープだったという供述も嘘《うそ》だと感じさせたのだろう。クラスの空気はどんどん凍りついていった。

「仁野くん、詳しい話は生徒指導室で聞きます」

俺はＦＢＩのごとく突入してきた体育教師たちに連行された。わざと殺したという部分

は否定しきれず、二週間の停学処分となる。

……でも、そんな罰は些細《ささい》なことだった。

結局取り調べの中で混入物の正体は結論が出なかったんだ。でも人っていうのはセンセーショナルな話の方を信じる生き物らしい。俺が復帰した日にはすでに「血を飲ませて殺した」ってエピソードが事実として定着していた。


こうして俺は残忍な魚殺し・シャチの異名を賜った。

俺の悪評はクラス内では留《とど》まらず、学校中から恐れられるに至る。避けられ、嫌われ、誰一人目も合わせてくれない。弁明しようにも誰も俺の話を聞いてくれないし、聞いても多分信じない。俺は途方もない孤独の中で生きることになってしまった。

ちなみに。

俺の工作が見事に功を奏し、真犯人のあの子は自分が庇《かば》われたことにも気づいていないようだった。彼女もみんなと一緒に俺を怖がっていたよ。

……こんなに報われない話があるか？

第一章　ペンギンは飛べない

一度ついてしまった悪いイメージは簡単には拭えない。

俺だって必死に名誉挽回《めいよばんかい》しようとしたさ。だけどどれだけ品行方正に過ごそうとしてもむしろ状況は悪化していくんだ。

たとえば真面目《まじめ》に掃除に参加するとしよう。誰よりも積極的に動いて、人が嫌がる作業も率先してやる。普通なら好意的に評価されるだろ？

──でも俺の場合「シャチが死体処理の練習をしている」と噂《うわさ》になった。

たとえばテストで良い点を取るとしよう。精一杯勉強して、高順位者として名前を貼り出されたよ。我ながらかなり頑張ったと思う。

──でも俺の場合「犯罪者って知能が高いらしいよ……」と恐れられた。

俺は反省した。結局目立たないように過ごすのが一番マシなんだ。だから誰の視界にも入らないように息を殺して生きてみた。

しかし俺の大人しさは嵐の前の静けさと受け取られた。どういう経緯か知る由《よし》もないが、いつの間にか「次は人を殺そうと画策しており、今は静かにターゲットを吟味している」というストーリーができ上がっていた。

……なあ、理不尽過ぎないか!?

どう足掻《あが》いても仁野鋭《じんのえい》＝シャチ＝危険という式は崩れない。むしろ何事もその式を前提に極端な解釈をされて泥沼にハマっていく。もう自力で挽回《ばんかい》するのは無理だと悟ったよ。

だけど今日の俺は少しだけ希望を抱いていた。

あの熱帯魚事件から一年。俺は二年生になる。

ありがたいことにクラス替えがあった。もしかしたら一年のとき他のクラスだった人たちはそれほど俺を恐れていないかもしれない。それに、俺の悪評を知らない新入生だって入ってきたんだ。ある程度状況はマシになると考えていいはずだ。

頼むからもっと心を削られない日々になってくれ。いい加減辛《つら》いし、寂しいんだ。友達《ともだち》が欲しいだなんて贅沢《ぜいたく》は言わない。この際誰かと目が合うことすら諦めよう。せめて身動きするたびに悲鳴が上がるのだけ勘弁してほしい……！

――しかし、俺のこれほど些細《ささい》な願いすらいとも容易《たやす》く散った。

新しい教室の中で、俺は早速濃厚な地獄を生のまま味わっている。

「ママ……ごめんっ。私もうダメみたい……」

不運にも俺の隣になってしまった女子が泣きながら電話をかけている。何事かと思って耳を傾けてみると、どうやら俺に殺される前に母親の声を聞こうとしているらしい。

俺は彼女に見覚えなどなく、去年どのクラスにいたのかも知らない。ダメだこれ。俺の噂《うわさ》は遥《はる》か彼方《かなた》まで届いて染み付いている……！　殺すわけないから泣かないでくれ……！

よくよく教室を観察してみると、クラスメイトたちは揃《そろ》いも揃って鎮痛な面持ちで黙りこくっていた。まるで昨日全員の実家がせーので全焼したかのような重い雰囲気だ。

……ごめんって、みんな。全部俺のせいだよな。

なんだか情けないし申し訳なかった。怖がられること以上に怖がらせてしまうことが悲しかった。俺は存在するだけで迷惑なんだよな。

バカな期待をしてしまった俺が悪かったよ。こんなことなら転校でもしてしまえばよかったんだ。誰も俺を知らない遠い場所へ。

「おはよう。みんな席つけ～」

教室のドアが開く音が重苦しい空気を切り裂いた。颯爽《さっそう》と現れた担任はこの学校で最も屈強な体育教師だった。完全に俺対策だ。

しかし、せっかく俺をねじ伏せられそうな戦力が現れたというのに、生徒たちの視線はすぐに別の人物に釘付《くぎづ》けになった。

先生の後ろから、一人の女子生徒が入ってきたのだ。

先生は生徒たちの期待感に気圧《けお》され、自分の挨拶はそこそこに済ませた。

「……あー、そんで、察しの通り転校生だ。ほら、自己紹介しろ」

先生が促すと、彼女は教壇に足をかける。

そしてその足は、――ズルッと滑った。

「きゃっ！」

彼女は腕をバタバタさせて重力に抵抗する。だが当然飛べやしない。それでもなんとか黒板のチョーク置きにしがみついて、ギリギリのところで転倒は避けられた。

冷や汗をかく俺たちをよそに、彼女は平然と微笑《ほほえ》んでみせた。

「ハハッ、ごめんなさい。段差がちょっと苦手で」

彼女は転びかけてシワができたスカートを手で払い、衒《てら》いなく胸を張る。

セミロングの髪が肩のラインと繋《つな》がって、頭から腰まで緩やかな曲線が続くシルエット。くっきりとした丸い目が期待に満ちて輝いていた。ガチガチになったっておかしくない場面なのに、まるでこの瞬間を心待ちにしていたかのようなトーンで語る。

「羽柴吟《はしばうた》っていいます！　北海道から来ました！　ええっと、この学校のことだけじゃなくて東京のことも全然分かんないので、色々教えてください！」

雪に照り返す光のように眩《まぶ》しい笑顔。

不思議だ。その屈託のなさが為《な》せる業なのか、彼女がフレームに収まるだけでほのぼのとした景色に見える。問答無用で人をほっこりさせてしまうような、俺とは真逆の力が放たれているような気がした。

そう感じたのは俺だけではなかったらしい。俺が緊張感を振りまいていた教室が、羽柴さんを愛《め》でて楽しむかのような空気に一気に切り替わった。彼女に手を振る心の余裕が生

まれた生徒がチラホラと現れ、羽柴《はしば》さんはその一人一人にはにかみながら手を振り返していた。

俺は心の中で拍手を送った。彼女が現れただけで俺という負債を抱えたこのクラスが一発で救われてしまった。ぜひ感謝を伝えたいところだ。

……まあ、どうせ関わる機会なんてないよな。

きっとあの子もすぐに俺の噂《うわさ》を聞き、怯《おび》えて逃げ回るようになるのだから。

＊＊＊

始業式が終わり、下校の時刻となった。

俺はトイレの個室に篭《こも》り、他の生徒たちが帰るのを待っている。

本当は俺だって一秒でも早く帰りたい。だが人混みに俺が降り立てばモーゼが生じる。将棋倒しになって誰かに怪我《けが》させたら大変だからな。

経験上、本を三十ページほど読むくらいがちょうどいい。ドアの外に人の気配がないのを確認して、ようやく俺の下校が始まる。

廊下には吹奏楽部が練習する音や運動部の掛け声が遠くからうっすら届いてくる。みんな自分の居場所で青春を謳歌《おうか》しているらしい。俺が出す音といえばヒタヒタというショボい足音と腹の鳴る音だけだ。

……情けない。まあ、自分が蒔《ま》いた種なんだけどな。

目論見《もくろみ》通り昇降口は閑散としていた。しかし不憫《ふびん》にもシャチと遭遇してしまう人間が二人いる。茶髪の男子生徒と、あれは……。

「羽柴吟《うた》……」

どうやら俺の接近に気づいていないらしい。俺はこれ幸いと背中を丸め、できるだけあちらの視界に入らないように横切る。

その道中、彼らの声が耳に入った。

「じゃあさ、興南《こうなん》通りってとこに行こうぜ！　面白い店いっぱいあるんだ！」

「えー？　どんなお店？」

「行ってみれば分かるって！　絶対楽しいから！」

俺は思わず足を止めた。

興南通り。所謂《いわゆる》大人向けの繁華街だ。いかがわしい店とホテルしかない。教師から近づくなと再三注意されている場所だ。その通りに入っていく姿を目撃されるだけで良くない噂が立つ。孤立している俺の耳にも入るほどに。

引っ越してきたばかりで土地勘のない羽柴さんは、いかにも魅力溢《あふ》れる場所として紹介されたそこに興味津々《しんしん》だった。男がしめしめと下卑た含み笑いを見せていることにも気づいていないようだ。

「……聞き流せるかよ」

放っておけなかった。許せなかった。このクズ野郎はどうせ考えもしていないのだ。一度付いた悪いイメージを拭うのがどれだけ難しいかなんて。

「おい」

俺は男の前に立ちはだかって睨《にら》みを利かす。

残念ながら俺は恐れられているだけで腕っぷしは強くない。だが戦う必要はないのだ。俺には勝手に積み上げられた悪評があるのだから。

「シャ……チ……⁉」

案の定、男は俺の姿を認めた瞬間硬直した。

たとえ人助けのためであろうと、シャチであることを利用すれば俺の評判はもっと酷《ひど》いことになるんだろうな。そもそも人助けなんて認識されないか。獲物を奪われそうになってキレたとか、そんな物語になってしまうんだろう。

でも、もういいんだ。どうせ俺はすでに底辺にいるんだから。

「人を騙《だま》して何が楽しいんだよ。とっとと失《う》せろ」

俺は精一杯強い言葉を探す。よくよく考えれば俺は喧嘩腰《けんかごし》に慣れているわけじゃない。熱帯魚の死に涙しちゃう程度には人畜無害な人間なんだ。

だが効果はてきめんだった。男は震え上がり、弁明も反論もできない。

一方、羽柴《はしば》さんは状況を把握できていないらしく、オロオロと俺とクズ野郎を交互に見比べている。彼女まで怖がらせてしまうのは本意じゃない。俺はできる限り柔らかい声音で告げる。

「やめとけよ。あー……、なんというか、知らない男と行く場所じゃないんだよ」

女子の前で詳細を語るのは気が引けた。だがニュアンスは伝わったのか、ギョッとした表情を見せて男から距離を取っていく。

彼女の反応を見てクズは観念したらしい。なけなしの虚勢を張って捨て台詞《ぜりふ》を吐く。

「お、覚えとけよ！」

「ああ覚えといてやるよ。お前の顔を、お前が死ぬまで」

「ヒ……っ！　うわあああ〰〰〰！」

男は上履きのまま学校の外へ猛ダッシュしていった。……ちょっとシャチになりきりすぎたか？　下手すりゃ二度と学校に来ない気がする。これに懲りて大人しくするなら普通に登校しろよ。

キョトンとして立ち尽くす羽柴さんを尻目に、俺はさっさと靴を履き替える。別に恩を着せるつもりはない。何か言われる前にさっさと立ち去——、

「あのさ！」

羽柴《はしば》さんの小さな手が俺の袖を摘《つま》んでいた。

「あんまりよく分かってないんだけどさ、助けてくれたんだよね？　ありがと！」

「……」

捕まってしまった。まあ、あっちからしたら当然の礼儀か。

それにしても、ガタガタ振動していない人間と向き合うなんていつぶりだろう。この子はまだ俺の噂《うわさ》を聞いていないらしい。

しかし変に仲良くしてもいずれバレた時の精神ダメージが倍増するだけだ。俺は適当に言い捨てる。

「別にいいよ。知らない人にはついていっちゃダメだぞ」

「うん、そうする！」

彼女は元気よくお返事した。

そして、――――俺についてきた。

……おいおい。話聞いてたのか？　俺も知らない人だし怖そうな人だろ。

「ねえ、同じクラスだよね？　名前何ていうの？」

俺が眉を顰《ひそ》めているのもお構いなしに、彼女はにこやかに会話をおっ始めた。問われてしまえば答えるしかあるまい。

「仁野鋭《じんのえい》」

「じゃあ〝じんじん〟だね」

「え……っ？」

今、あだ名をつけたか？

早くないか？

あれ、人付き合いってこんな感じだったっけ？　孤独な一年間のせいで俺の感覚がおかしくなっているのか？

「私、羽柴吟《うた》っていうの。〝じんじん〟と揃《そろ》えて〝うたうた〟だと変だから、普通に吟でいいからね」

いや、やっぱ早いよなこれ!?　待ってくれ！　距離の詰め方が早すぎる！

なるほど、腑《ふ》に落ちたぞ。さっきの男もこの態度を見て「いける！」と勘違いしたんだろう。だからって許されることじゃないけどな。

一方、俺は勘違いすらできずただただ面食らっていた。それでも彼女はお構いなしだ。

「じんじんって背高いね！　何センチあるの？」

「ひゃ、百八十六……」

数字だけ叩《たた》きつける乱暴なスタイル。ダメだ、会話が下手すぎる。そもそも身長の話はあまりしたくないんだ。このサイズのせいで俺のシャチ感が増しているらしいからな。

「えー!?　すっごーい！　よ、四十センチくらい負けてるよー！」

彼女は胸の前で小さな手を合わせて飛び跳ねる。俺の図体《ずうたい》がデカいというだけなのに、まるで自分のことのように喜んでいた。

小さな動物を思わせる愛嬌《あいきょう》たっぷりの振る舞い。この人懐っこくて軽率にひょこひょこついてくる感じ、何かに似ている気がする。……何だ？

「ねぇ、やっぱり高いところに手が届いて便利なの？　あ、でも頭ぶつけちゃったりするの？　スポーツとかやってた？」

「なっ、え？」

考える暇など与えてくれない質問攻め。会ったばかりの男のことがそんなに気になるもんか？　頼むからペースを落としてくれ！　俺、人とまともに喋《しゃべ》るの一年振りなんだよ！

「あ、ごめんごめん気になっちゃって！　わ、私いっつもこうなんだよね……。一個ずつゆっくり聞くから一緒に帰ろ？」

「え？」

羽柴《はしば》さん、あ、いや、吟《うた》は、下駄箱《げたばこ》からローファーを取り出し、つま先をトントンと床に当てて踵《かかと》を捻《ね》じ込んだ。俺の傍《かたわ》らに立ち、準備完了の旨を微笑《ほほえ》みで示す。……断れる雰囲気じゃないな。

えっと、人と一緒に歩くってどうやるんだっけ？　多分歩幅を合わせた方がいいんだよな。段差が苦手とか言っていたし、足元にも目を配らないと。

「じんじんはお家どの辺なの？」

「あ、歩いて十分くらいのとこ」

「近いんだね。じゃあこの学校は距離で選んだの？」

「いや、俺一人暮らししてて。……あ」

テンポよく質問されたせいでつい答えてしまった。あまり言いたくない話だ。

「えぇっ⁉　高校生で⁉　どうして⁉　すごーい！」

答えは悲惨でシンプル。熱帯魚事件の後、「精神を叩《たた》き直すため」とかいうイマイチ釈然としない理由で実家を追い出されたからだ。多分両親も俺が怖くなったんだろう。こんなの説明できるかよ。

だが回答など必要なかった。話が勝手に進んでいくからだ。

「一人暮らししてる友達《ともだち》なんて初めてだー！」

「ト……モダ……チ？」

花や小鳥を愛するゴーレムみたいな喋り方になってしまった。しかもか弱き者たちを守る戦いで壊れかけのやつだ。俺も友達になったのか？　いかん、理解が追いつかない。

そんな俺を、吟はさらに置き去りにするのだった。

「ねぇ！　今日遊びに行ってもいい⁉」

「えー……っ⁉」

彼女は微《かす》かな恐怖心すら見せず、気になって仕方がないとばかりに丸っこい目を輝かせていた。じっとしていられないほどテンションが上がったらしく、腕を翼のようにバタバタさせる。

その姿を見て、俺は彼女が何に似ているのかやっと気がついた。

好奇心・旺盛。

警戒心・皆無。

……この子はペンギンですか？

＊＊＊

俺は今、女子と二人で下校している。

しかもただ一緒に歩いているだけじゃない。この子はこのまま俺の家に来るつもりだ。

――一体何が起きているんだ……!?

「あ、ここで曲がるの？　実は私もこっちなの。もしかしたらご近所さんかもね」

吟《うた》は俺が学校中に忌み嫌われたワンダフルクレイジー君だとは知らずに、屈託のない笑みを無防備に輝かせている。

一方俺は戸惑っていた。何なんだこの子の異様な人懐っこさは……？

以前どこかで見たペンギンの映像が頭に浮かぶ。人間に全く物怖《ものお》じせず、むしろ「はわ～、君おっきいねぇ～」とばかりに興味深げに近づいてくる。そして何の疑問も持たずにノコノコついてくるのだ。……今のところ完全一致じゃないか！

「あ、そうだ。お家にお邪魔するならお土産がないとだね。コンビニ寄ってもいい？」

「え？　いや、いいよ。何もいらないから」

「え～？　でも……」

本当に来るつもりらしいな。俺は内心、罪悪感と焦燥感でいっぱいだった。

一人暮らしの男の家なんて、さっきのクソ野郎に放った「知らない男と行く場所じゃない」の筆頭じゃないか？　俺結局あいつと同じことをしているんじゃないか？　騙《だま》して連れて行くわけではないし何なら吟の発案ではあるのだが、どうもこの子はその危険さを認識できていないような気がする。

そして何より、この状況を同じ学校の奴《やつ》に目撃されたらマズい。

俺が女子と並んで下校できるハッピー野郎だとは誰も思っていまい。となるとこの状況は誘拐か、……最悪の場合殺人未遂までいきそうだな。下手すりゃ通報されるぞ。

というわけで、用事を思い出したと嘘《うそ》をついて走り去るのがどう考えても最適解なわけだが、――――そうもいかない理由が二つある。

「あ、何あの看板!?」

「お、おい！　ちょっと待て！」

俺は咄嗟《とっさ》に吟《うた》の手首を掴《つか》んだ。

その二秒後、放っておいたら吟が通っていたはずの場所を自転車が高速で駆け抜けた。

ワンテンポ遅れて俺の全身に嫌な汗が滲《にじ》む。

吟は呆《ほう》けた顔で俺を見上げた。

「……死んじゃうとこだったね」

「気をつけてくれよ……」

一つ目。とにかく危なっかしい。目に映るもの全てに興味をそそられるらしく、視線も足取りも定まっていない。

出会って数分にして、目を離したらジ・エンドだという確信を得た。ここは南極とは違って危険がいっぱいなんだ！　ペンギンなんて保護しておかないと秒で召される！　しかも何やかんやあって俺の犯行ってことになるんだろ!?

そして二つ目は、至極個人的な事情だ。

「ありがとね、じんじん！　私って昔からこうなんだよ。偶然生きてるの」

「必然であってくれ！」

「で、でも気をつけなくちゃとは思ってるんだよ!?　ママが泣きながら『鎧《よろい》　キッズサイズ』で検索してるの見ちゃったことがあってさ」

「それは追い詰めちゃってるな……」

俺は緊張したりヒヤヒヤしたりしつつも、吟との会話を楽しんでいた。……そう、楽しいんだ。

——人と喋《しゃべ》れるのが嬉《うれ》しい！　これが二つ目の理由……！

こんなの一年振りなんだよ！　俺を怖がらないどころかにこやかに話までしてくれる相手が現れるなんてどんな奇跡なんだ？　本来三臓《さんぞう》二腑《にふ》くらい売らないとこの権利って手に入らないいんじゃないのか⁉

頭では分かっているんだ。早く離れた方がいいって。でもダメだ、嬉しすぎる。さっきからずっと涙を堪《こら》えているくらいだ。

「あ、あの、じんじん？　そろそろ……」

「え？　……あ！」

俺は慌てて手を引っ込めた。ずっと吟の華奢《きゃしゃ》な手首を握りっぱなしだったのだ。

「わ、悪い」

「ううん、おかげで助かりました」

吟は仕込まれた芸のようにペコっと頭を下げた。今更ながら鼓動が激しくなる俺をよそに、平然と乱れた前髪を直している。

……俺は色恋には疎《うと》いが、多分これ男子として意識されているわけじゃないな。家に来るなんて言い出したのは、いつの間にかフラグが立っていたからでは決してない。吟《うた》はただ初めて「一人暮らししている高校生」を見て好奇心を爆発させただけなんだ。

俺もそこまで高望みはしていないさ。こっちは会話どころか人と目が合うだけでも三日は心が満たされるほど幸せの沸点が下がった哀れな人間なんだ。期待する方が愚かしいってもの。

でも、だからこそ、……別にいいんだよな？　ただの友達を、家に上げるくらい……。

「……ついた。このマンションだよ」

俺は誇らしくもないショボい我が家の前で足を止める。すると吟は俺を置いてペタペタと数歩進み、舞うように身を翻《ひるがえ》した。

「……じんじん、わ、私もここだよ！」

「え!?」

「うちは五階の端っこなの！　ほら、あそこ！」

「と、隣だ」

「ええ!?　すごい偶然！」

なんと、俺たちはお隣さんだった。このペンギンさんのコロニーは壁一枚の距離にあったのだ。きっと親鳥に交互に温められながら……いや、待てよ？

「ここ一人暮らし用のオンボロ１Ｋマンションだぞ？」

俺の両親が値段のみで決めた場所なだけあって、家というよりプラモと表現した方が正確なほど頼りない構造物だ。築年数を聞いた俺のおじいちゃんが「先輩」と呼んでいたよ。

「パパが単身赴任で住む予定だったところに転がり込んだの。あ、でもウチは１ＬＤＫだから、詰めれば二人でも暮らせるよ」

吟はパパさんを一方的に端に追い詰めるようなジェスチャーを披露した。なるほど、角部屋は間取りが違うのか。それにしても狭そうだが。

「パパは全てに興味がない人でね、『帰宅』にも興味がなくてあんまり帰ってこないの。だから意外と平気だよ」

「き、帰宅って興味とかじゃなくないか？」

どうやらパパさんは吟に全ての好奇心を吸い取られているらしいな。というかそれなら吟もほとんど一人暮らしじゃないか。

……大丈夫なのか？　こんなセキュリティーがあやふやな場所で。

「何か危ないことがあってお父さんもいなかったら俺を呼んでいいからな。……あ」

つい口をすべらせ、すぐに後悔した。会ったばかりの女子に踏み込み過ぎだ。でも心配だったんだ。

吟は一瞬きょとんとして、無言のまま俺を見つめていた。ヤバい、引かれたか？

「……じゃあ、ピンチになったら飛んで行くね！」

俺の心配をよそに、吟《うた》は全幅の信頼を示すかのように真《ま》っ直《す》ぐ俺に視線を向けた。ギョッとされなかったのは安心したが、同時に危うさも感じる。何度も確認するけど、俺たちさっき会ったばっかりなんだよな？

「じんじん、行こ！　同じマンションの他の部屋はどうなっているのか、俄然《がぜん》気になってきました！」

吟は上官に突入許可を得るように敬礼し、答えるまでもなくズンズンと内部に侵入して行った。ここは彼女の家でもあるため案内する必要はなく、速やかに玄関前に到着する。

「お邪魔しま〜す！」

「い、いらっしゃい」

吟は元気な突入とは対照的に静々と靴を揃《そろ》えたあと、再び堂々と行進を始める。俺はその光景を後ろから見ながら、まるで異世界に飛び込んだかのような違和感を抱いていた。奇妙な景色だったんだ。家に俺以外の人がいるなんて。

「綺麗《きれい》にしてるね〜。お掃除得意なんだ？」

「普通だよ別に」

「なんだかシンプルだね。テレビもパソコンもないんだ」

「あ〜……親の方針で？」

ここは実家を追放されてたどり着いた流刑地《るけいち》だ。娯楽の類《たぐい》は与えられていない。ネットも通していないという徹底ぶり。我ながらなんてつまんない家なんだ。こんなとこ来たって面白くないだろうに。

「でも代わりに本がいっぱいだね！　本好きなんだ？」

「他にすることがないんだよ。近所に古本屋があってさ」

「えーどこ？　私も行きたい！　あ、ちょっと待って、この本何？　こっちも！　何かジャンルが豊富じゃない？」

爛々《らんらん》と輝く目。止まらない質問。杞憂《きゆう》だったな。多分吟は真っ白な個室に入っても興味の対象を見つけ出して数時間は楽しめるんだろう。

それにしても、やっぱり何かそわそわするな。吟が歩き回るたびにスカートがひらひらして、「家に女子がいる」という事実を何度も突きつけられる。

邪《よこしま》な気持ちは一切ない、つもりだったが……。結局俺は落ち着かないし目のやり場に困っている。こんな精神状態の男と密室で二人きりになっていいものなのか？

一旦距離を取って頭を冷やそう。やっとできた友達《ともだち》なんだ。大事にできなきゃウソだよな。

「お、お茶でも用意してくるよ」

「何か手伝う？」

「いや大丈夫。座っててくれ」

吟《うた》は素直なお返事と共に、確かに注文通り座った。

しかし椅子にではなく、———ベッドにである。

俺はゴキリと首から嫌な音がする勢いで顔を背け、キッチンに避難して戸を閉めた。心を鎮めるために深さランキング生涯一位間違いなしの記録的な深呼吸をかまし、いっそ止まるなら止まれと念じながら荒ぶる心臓を強打する。

落ち着け！　ベッドに女子がいるからって何だ！　ウチってアイスクリームをシャコンと掬《すく》うあの器具なかったっけ？　あったら脳から煩悩葉をくり抜いておかねば！

一秒でも多く間を取りながらお茶を入れる。何となく似合いそうだからという理由で氷も入れた。手を動かしていると少し気持ちが落ち着いてきて、精一杯平静な顔面を構築して部屋に戻ることができた。

しかし、すぐに表情筋が瓦解した。

「寝てる………⁉」

吟は、寝息を立てていた。

何かの本で読んだことがある。ヒゲペンギンは数秒程度の睡眠を一日に数万回行うらしい。寝るのも一瞬、起きるのも一瞬というわけだ。

——このように、吟をペンギンとするなら説明がつく。だが、彼女はやたらペンギンっぽいだけで人間の女の子だ。一目見ればそれは明らかじゃないか。

スカートから覗《のぞ》く白い太もも。

ズレた襟元から見える鎖骨。

呼吸に合わせて膨らむ胸。

窓から注ぎ込まれる光が吟の寝顔を照らす。その光景はまるで自然に生きる生物のように神秘的で、触れたら溶けてしまいそうな繊細さを湛《たた》えていた。

……状況をまとめると、「俺の部屋のベッドで女子が隙だらけ」だ。バカなワードを集めたボックスからランダムで引いて作った文か!?　どうなってんだ本当に！　この状況って科学で説明がつくのか!?

いくらなんでも警戒心が無さすぎる。ここまでくると、……もしかしてわざとなのか？いつの間にかフラグがブッ立っていて、吟は超積極的な子で、どうぞ好きにしてくださいとばかりに身を投げ出して――。

バカな！　この子はただ純粋に、警戒心が欠如しているだけなんだ。陸上に天敵のいないペンギンの為《な》せる業なんだろう。

そんな彼女の無防備さにつけ込んで、自分のエリアに連れ込んでペロリと食べてしまうなんて、――――俺は本当にシャチになってしまうじゃないか！

「帰ってもらおう……！」

これから健全な時間を過ごせば問題ない、なんて話じゃないよな。無事で済んだという体験のせいで今後他の男に同じことをしてしまったら……うわ、とんでもないぞそれ！　俺が寂しさに負けて招き入れてしまったせいで吟《うた》が大ピンチになる！

お節介でもいい。ウザがられてもいい。最低限の警戒心を守ってくれるようにちゃんと説いておくべきだ。

だって吟は、可愛《かわい》い女の子なんだから。

「吟、起きてくれ」

できるだけびっくりさせないように静かに声をかける。まだ眠りは浅かったようで、吟は俺の呼びかけに反応して身を捩《よじ》った。

「………んー、あ、あれ？　私寝ちゃってた!?」

「起こして悪いな。ちょっと話がある」

俺は床に正座する。吟は目を擦《こす》りながら急に仰々しくなった俺の姿を確認するとギョッとした表情を見せ、俺に倣って正座して背筋をピンと伸ばした。

「わ、私何かしちゃいましたか？」

「いや、逆だ。俺から謝りたいことがある」

俺は「はて？」とばかりに小首を傾《かし》げる吟に、言葉を選びながらスピーチを始める。

「まず、その……、ありがとう。一緒に帰れて楽しかった。話せて嬉《うれ》しかった。『じんじん』って呼び方も最初はびっくりしたけど、本当に嬉しかったんだ」

吟は俺をシャチじゃない名前で呼んでくれた。俺がどれだけ望んでも手に入れられなかったものを、当たり前みたいにあっさりくれたんだ。

だから、大切にしなくちゃな。

「でもな、これは俺が言うのもなんだけど、よく知らない人についていっちゃダメだ。特に男の家に上がり込むのは、その……、危ない目に遭うかもしれないから」

「危ない目？」

吟はオーロラみたいに煌《きら》めく澄んだ瞳を向けた。全然ピンと来ていないご様子だ。……皆まで言わなきゃ伝わらないのか？　恥ずかしいけど臆している場合じゃない。

「それは、う、吟の身体《からだ》を触ったりとか、そういう……」

「え……っ？」

吟は顔を真っ赤にして俯《うつむ》いた。太ももの上で組んだ指をモジモジとこねる。

「そ、そういうのはもっと大人になってからの話だと思ってました……」

保健体育の授業中みたいな気まずさが漂う。二人して正座して、二人して照れて、一体何なんだこの時間？　……ええい、今更引けるか。俺は意を決してもう一歩踏み込む。

「俺は吟が嫌がるようなことは絶対にしない。で、でも正直言って今、ドキドキはしてる」

「へっ⁉」

「そ、そういうもんなんだよ男ってのは！　だから安易に近づくのは危ないんだ！　俺はそれを分かってて、吟《うた》が家に来たいって言い出したときに『やめとこう』って言えなかった。……ごめん、俺が無責任だった。今日はなかったことにしよう」

せっかく話せる相手ができたのにという、悔しさがないわけじゃない。でも俺の気持ちなんかより大切なものがあるはずだ。

「じんじんは全然悪くないよ！　私がどうしようもないぬけさくなだけでして」

「い、言い過ぎだよ。まあもうちょっと警戒心は持って欲しいなとは思うけど……」

「うん。ちっちゃい鎧《よろい》探しておくね！」

吟は大真面目《おおまじめ》な顔で一つ頷《うなず》いた。そういうことじゃないと突っ込みそうになったが、少なくとも危機意識は芽生えているのだから良しとした。

「本当はもっとお話ししたいけど……、うん、今日はもう帰るね」

のそのそと足を崩しベッドから立ち上がる。名残惜しそうに、それでも納得したように微笑《ほほえ》んで、吟は俺の目を見て呟《つぶや》いた。

「じんじんが優しい人で良かった」

「……？」

――優しい？　言われたことのない言葉だ。普段は「残忍」とか「凶暴」とか真逆の概念を当てがわれてばっかりだ。全然染み込んでこない。

「あのね、じんじん。私って毎日死んだみたいに寝るからいっつも朝ギリギリなの。明日《あした》は先に行っててね」

吟はそう言い残して、俺の部屋から去っていった。そもそも一緒に登校するという発想がなかった俺はその意味を汲《く》み取るのに少々時間を要した。群れで生きるペンギンらしいなと、一人ニヤけるのみだ。

明日……か。

明日にはきっと、吟は誰かから俺が起こした事件の話を聞くだろう。そうなれば吟にも怖がられて、嫌われて、俺たちの関係は終わりだ。

「寂しいな……」

ついさっきまで賑《にぎ》やかだった部屋で、俺は侘《わび》しく呟いた。

不思議だ。誰も目も合わせてくれない日々よりも、たった一日だけ話せる相手がいる今日の方が、ずっとずっと孤独だったから。

＊＊＊

一年間の研究を経て、昼休みは教室に居座るのが無難だという結論に落ち着いた。

もちろん孤独で哀れな姿を晒《さら》すのは精神的なダメージがある。周りの連中にはどっかに行ってくれと思われているだろう。だが、人目につかない場所に避難するのはかえって良くない。その時間に校内で起きた事件が全部俺のせいになるからな。アリバイ作りのためにも人がいる場所に残って静かに本でも読んでおくのが一番だ。

俺が図書館で借りた本を寂しく捲《めく》っている一方で、吟《うた》はすでにクラスの中心にいた。

「羽柴《はしば》さんってペンギンっぽくない？」

「あ、それ俺も思ってた！」

「私も私も」

「ねえ、それみんなに言われるけど何でなの⁉」

クラスメイトたちも俺と同じ感想を抱いていたらしい。二日目にして羽柴吟＝ペンギンはすっかり定着していた。＝可愛《かわい》いと続くのが俺との違いだ。

正直に言うなら、俺だって吟と話したかった。でもそれは許されないことだと自分に言い聞かせた。

昨日の雰囲気で俺たちが話しているのを見たら、周りは好意的には受け取らない。シャチが事情を知らない転校生に近づいて殺そうとしているだの、脅して彼女役をやらせているだの、散々なことを言われて俺はさらに評判を落とすんだろう。

仮に本当に仲が良いと見られても、今度は吟に迷惑がかかる。あのシャチと同類だなんて思われたら終わりだからな。

吟からすれば俺は大勢の中の一人。それ以上でも以下でもない。いや、以下になってくれた方がいいか。他の奴《やつ》らと仲良くなって、俺の噂《うわさ》を耳にして、二度と俺に声をかけるなんて過ちを犯さないでくれるのが一番だ。

――――しかし、入っちゃいけない領域に平然と突入してしまうのがペンギン女子こと羽柴吟だった。

昼休みが終わる頃、彼女は俺の席にやってきた。

「じんじん、変な話聞いちゃったの……。どうなってるの？」

あろうことか吟は俺の噂を聞いた上で、事の真相を確かめに来てしまったのだ。信じられないとばかりに唇を震わせて、俺の目をまっすぐに覗《のぞ》き込《こ》む。

ペンギンとシャチ。

奇《く》しくも、捕食者と被食者が相見《あいまみ》える。

途端に張り詰める教室の空気。ヤバい、あの子殺される、そんな心の声が聞こえてくるようだ。

……だったら誰か早くこの子を遠ざけてくれ。遠巻きに見ている場合か？　薄情な奴らだな、まったく……！

仕方なしに俺は必死で無関係を装い、吟から顔を背けて言い捨てた。

「聞いたんなら俺とは関わらない方がいい」

それが吟のためなんだと言い添える前に、吟は声を張り上げた。

「絶対おかしいよ！　何かの誤解でしょ!?　じんじんがそんなに怖いことするはずないじゃんか！」

鬼気迫る表情。のほほんとして見えるペンギンも雛鳥《ひなどり》を狙うトウゾクカモメと戦うことがあるらしい。でもシャチ相手には逃げ一択であってくれ。

「俺はそういう奴《やつ》ってことになってるんだよ……！　俺と話してると仲間だと思われるぞ。頼むから早く離れてくれ！」

俺は周囲に聞こえないように囁《ささや》く。懇願だった。絶対に吟《うた》を巻き込みたくないんだ。

しかし、俺の明確な拒絶はかえって吟に火をつけてしまったらしい。その強い好奇心は、疑問を疑問のまま残すことを許さない。

そこからの吟は、考えが顔に書いてあるようだった。「いいから教えてよ」とばかりに唇を尖《とが》らせ、「どうにかこの強情な男を連れ出せないか？」と小首を傾《かし》げ、「良《い》いこと思いついた！」と目を輝かせる。一瞬で移り変わっていく見事な百面相に圧倒され、俺は嫌な予感を抱くことすらできなかった。

「あれ～？　急にお腹《なか》が痛くなってきちゃった～」

「!?」

抑揚のない白々しいセリフ。吟は俺の袖を摘《つま》んで甘えた声を出す。

「じんじんお願～い。保健室に連れて行って～。あ、ほら！　私転校生だから場所知らないし！」

　嘘《うそ》も演技も0点だ。後半の一節に至っては「ナイスな言い訳思いついちゃいました！」という喜びが乗っかってハイテンションで放ってしまう始末。

　……その手には乗らないぞ。

「他の奴に頼んでくれ」

「え!?　あ～……じゃあ痛くて歩けそうもないから大《お》っきなじんじんに運んでもらうってことで」

　吟は即興で設定を披露する。誰がどう聞いても出まかせなのに、吟は止まらない。

「えい」

「え!?」

　吟は俺の首に両手を回し、――――抱きついてきた。

「抱っこして！　お姫様のやつ！」

　耳に唇が触れそうな距離で吟は無茶《むちゃ》を囁いた。吐息が熱い。押し当てられた身体《からだ》は柔らかく、羽のように軽かった。

「な、何してんだ！　離れろって！」

「これなら私をぶん投げないと逃げられないよ。さ、早く行こ？」

　クソ、どうすればいい……!?　無理矢理《むりやり》振り解《ほど》けば「悲劇！　シャチがペンギンを惨殺！」との見出しが躍る。いや、これだけ助けを求める子を放置するのも猟奇的なのか？

じゃあもうやるしかないじゃないか……！

「……ちゃんと掴《つか》まっとけよ！」

「うん！」

俺はご用命通り吟《うた》の太ももの裏に手を回し、お姫様抱っこに移行する。こっちが王子様なら様になるのかもしれないが、俺じゃただ姫を攫《さら》う魔王の類《たぐい》だ。そしてこの教室には勇者が不在らしく、皆無力にも見守るしかできない。

大変なことになってしまった。クソ、人気《ひとけ》のない場所はどこに――――。


――――すぐに見つかった。今は立ち寄らないようにしているだけで心当たりはいくらでもあったからな。

屋上へと続く階段。薄暗く埃《ほこり》っぽい空間で、吟はちょこんとしゃがんで傾聴の姿勢。

「ことの発端は――」

俺は観念して熱帯魚事件について語った。熱帯魚のトーマスは最初から死んでいたこと。原因は日直の女の子のミスだったこと。その子が好きだった俺は庇《かば》おうとして、……ちょっとやり方を間違えたこと。俺が今、人を殺しかねないヤバい人間として恐れられていること。今更逃げられまいと思い、洗いざらい話した。

吟は相槌《あいづち》も打たず、真剣な顔でずっと聞き入っていた。やがて鼻からスーッと深く息を吐いて、しみじみと呟《つぶや》く。

「やっぱり誤解だったんだ」

吟は俺の話を微塵《みじん》も疑わなかった。

「ちゃんと説明すれば何とかならないかな？」

「今更無理だよ」

俺の発言など信憑性《しんぴょうせい》ゼロだ。真面目《まじめ》に掃除をしても死体処理の練習だと思われる奴《やつ》だぞ。

「あ！　じゃあ本当の犯人の子に名乗り出てもらえないかな？」

「俺が脅して言わせてると思われるだけだ。それに自分が犯人だって自覚ないだろうしな」

公式には熱帯魚の死因は俺が混ぜた血ってことになったわけで、彼女が水温を管理する機械の設定を間違えたことはどこにも露見していない。一年も経《た》った今本人が覚えているはずもない。

「……ねえ、ちょっと気になったんだけどさ。じんじんが水槽をいじったからその子は本当のことに気づいてないんだよね？　せっかく庇ったのに伝わらないんじゃ意味なくない？」

「別に恩を売って近づこうってつもりはなかったんだよ。ただあの子が犯人じゃなくなればそれで良かった」

知らない奴《やつ》に庇《かば》われて恩着せがましく近づかれたら怖いだろうし、重荷になると思った。結果俺は悲惨な事態に陥ってしまったわけだが、邪《よこしま》なやり口を選ばなかったことについては後悔していない。

「……その子のことは今も好きなの？」

吟《うた》は少し躊躇《ためら》いながら問いかけた。

「いや。入学してすぐの頃だし、ちょっと気になってるくらいだったんだ。結局話したこともないしな」

「……」

「あと……これは本当に勝手な話だって自覚してるんだけどさ、何にも気づかずにみんなと一緒に俺を怖がっているのを見て、違うなって思ったよ」

「……そっか」

吟はそれだけ呟《つぶや》いて黙りこくった。あの好奇心の塊が「その子は誰なの？」とは聞かなかった。そういう線引きはできる子なんだな。

昨日会ったばかりの俺を心配してくれて、現状に憤ってくれて、解決できないか悩んでくれてもいる。……吟は良《い》いヤツだ。

だから、迷惑はかけたくない。

「吟。『自分が何かしよう』とか考えなくていいからな」

「い、今まさに考えてたとこなんだけど……」

吟はギョッとして上半身を仰《の》け反らせた。俺はその反応に素直に笑ったし、あまり重い雰囲気にならないようにと願いを込めて意識的に笑顔を作った。

「吟は当時この学校にいなかったんだし、この件をどうこうはできないよ」

「そう……なんだよね」

「むしろ何もしないでほしい。俺が吟を脅迫して嘘《うそ》をつかせてると思われるかもしれないし、吟が俺の仲間だと思われてみんなから嫌われる可能性だってある」

「そ、そんなことになる？　考えすぎじゃない？」

「なるんだよ！」

無意識に語気を強めてしまい、吟をたじろがせてしまった。でも、大事な話だ。しつこいくらいに言い聞かせておいた方がいい。

「誰かが面白がって憶測でモノを言って、それを聞いた誰かが本当かどうか確かめず広めて、なんとなく聞いた誰かが事実だと思い込むんだ。誰も加担している意識なんてないまま、誰かの尊厳を踏み躙《にじ》る嘘を本当にしていくんだよ」

一度始まったら誰にも止められないし、打ち消すこともできない。誰にも悪気がないし、特定の犯人がいるわけでもない。俺は誰に怒ればいいかも分からないことが辛《つら》いのだと、言いながら気がついた。

だけど、吟《うた》のおかげで随分マシになった。

「吟、俺を信じてくれてありがとう。それだけで充分救われたよ。だからもう関わらないようにしよう。吟にまで迷惑がかかるのが一番辛《つら》い」

「あ、お家に遊びに行くのは？　誰も見てないなら平気でしょ？」

「あのなぁ、昨日『男の家に来ちゃいけない』って説明したろ？　またあの気まずい時間を過ごしたいか？」

「あ、あれは確かにソワソワしたね……」

俺たちはお互いに顔を背けて停止した。屋上への扉についている小窓から差し込む光が舞っている埃《ほこり》を照らすのが視界に入る。……こんなしみったれた場所でこっそり関わることすら危険なんだ。俺たちにはいかなる交流点もあってはいけない。

「あのね、じんじん。私、全然納得はしてない」

俺の説得は全然響いていないようで、吟は宣言通りにへの字口を見せる。感情を抑えるという作業は南極では必要がないんだろうな。

「じんじんは優しい人なのに、誰かを助けようとしただけなのに、……そのせいで辛い目に遭ってるなんて絶対におかしい」

吟は俯《うつむ》き、細い指でスカートを握りしめる。背丈が小さいことを計算に入れても尚《なお》狭すぎる肩幅をさらに丸めて、それでも内心は怒りの炎を激しく燃やしているように見えた。

「……でも、私には良《い》い方法が思いつかない。悔しいけど、じんじんを困らせたくないから一旦受け止める」

「うん。……今はそれでもいい。分かってくれてありがとう」

いまいち安心しきれないが、ひとまず危機は去ったようだ。他の友人たちに愛されて楽しく過ごしているうちにいつか俺のことなんて忘れてくれるだろう。

気がつけばもう五限が始まっていた。サボりにならないように一応保健室には連れて行って、俺はドアの前で待っていた。ものの二分で戻ってきたので面食らったが、吟も吟で俺が待機していたことに驚いていた。「帰り道分かんないだろ？」と問うと、吟は「本当だ！」と笑って見せた。

きっとこれが俺たちの最後の会話だ。そこからはお互いに言葉を発することはなく、呆《あっ》気《け》なく教室に帰還した。

「羽柴《はしば》さん！　大丈夫だった!?」

扉を開けた途端、女子生徒たちが何人か駆け寄ってきた。「大丈夫？」という問いは「体調が」という意味ではなさそうだった。彼女たちが気にしているのは、吟がシャチに襲われなかったかだ。

「うん、もう平気だよ」

吟《うた》はあっけらかんと伝える。クラス中がほっとため息をついたせいで気圧が上がりそうだ。よっぽど心配かけたみたいだな。

「……あのね、じんじんがずっと優しかったよ！　送り迎えもしてくれたし、おかげですっごく安心したの！」

吟は説得するように熱弁した。

……何かを変えようとしていることは伝わった。でも俺はその背後でヒヤヒヤしていた。どうせ何も変わらない。言わされているように見えるだけだ。

女子たちはあからさまに戸惑い、気まずそうに目を伏せながら吟を尋問する。

「いつの間にシャ……、仁野《じんの》君と知り合ったの？」

「昨日変な人に絡まれてるところを助けてもらったの。そのあとお家まで送ってくれたし」

「え……っ⁉」

吟、やめてくれ。そんな話をしたって次の都市伝説ができるだけだ。誘拐を邪魔してきた奴《やつ》を返り討ちにしたとか、吟の家を特定して闇討ちしようとしてるとか、捏造《ねつぞう》の余地はいくらでもあるんだ。

こいつらが俺の行動を好意的に受け取るはずが――――、

「え？　シャチが？」

「普通に優しくない？」

「しかもあんなペンギンみたいな子に？」

「シャチからすれば格好のエサかと思ってたのに」

「噂《うわさ》聞いてただけだけど、本当は良《い》い奴なんじゃない？」

クラス中から囁《ささや》きが聞こえる。

……何だこの反応？　いつもと違うぞ？　いつだって俺＝シャチって前提で何事も曲解する奴らなのに。

――――いや、だからこそ、なのか？

俺＝シャチだからこそ、吟＝ペンギンに優しいことはプラスに評価されるのか？

一応は授業中だというのに、ざわめきはしばらく収まらなかった。俺に直接声をかけてくる人はいなかったが、それでも何人かと――――目が合ったんだ。

＊＊＊

「じんじん！　私だよ！」

帰宅後、俺は襲撃を受けている。

「話があるの！　入れて！」

玄関前から届くこもった声を聞き、俺は頭を抱えるばかりだ。

「もう関わらない約束だろ」

「ここなら誰も見てないじゃん。……寂しいこと言わないでよ」

俺だってと言いかけて、ぐっと呑《の》み込んだ。吟《うた》の言う通り、ここには目撃者なんていない。こっそり会うことはいくらでも可能だろう。でも、そんな半端な関係は結局余計に辛《つら》くなる気がしていた。いっそ完全に離れてしまった方が踏ん切りがつく。

それに、……短い付き合いだが、吟が学校でもうっかり俺に話しかけてしまう姿は容易に想像がつく。内緒で付き合いを持っているなんて露呈したら、堂々と一緒にいるよりいかがわしいと感じさせるはずだ。

吟のために、あらゆるリスクを排除したい。考えすぎなのかもしれないけど、それが俺が吟にできる唯一のことだ。

「吟、ごめん。もう帰ってくれ」

「やだ。開けてくれないならこのまま言うよ。あのね、じんじんを助ける作戦を思いついたの！　名付けて『ペンギンとシャチは仲良し計画』！」

吟の声音は自信に満ちていた。

「じんじんも見たでしょ？　みんなじんじんのこと見直してた！　私がペンギンみたいだから、じんじんが私と仲良くしてるとギャップですっごく優しく見えるみたいなの！」

「馬鹿みたいな話だな……」

「でもそうだったじゃん！　怖そうな猛獣がちっちゃい動物を可愛《かわい》がってる動画見たことない？　多分あんな感じなんじゃないかな？」

俺は心の中でもう一度、馬鹿みたいな話だと呟《つぶや》いた。でも、今日教室で見たクラスメイトたちがそんな反応をしていたのは確かだ。恐る恐るでも俺を見つめた彼らの姿が、今も目に焼きついて離れない。

「だからね、私たち堂々と一緒にいようよ。あ、優しくしてとか可愛がってとかは言わないよ！　ただ仲良くしてくれるだけでいいの。きっとじんじんを見る目が変わるよ！」

それは俺の再三の要求と真逆の提案だった。

学校の奴《やつ》らは俺への妄想が強固なだけに、吟が俺と絡んで無事で帰ってくるだけでも衝撃を受けるだろう。シャチを真っ向から否定するのではなく、逆手に取って利用するというわけだ。ただ吟と平和に過ごしているだけで、俺のイメージは書き変わっていく。

吟は一転して声のトーンを落とし、訴えかけるように切々と言葉を紡ぐ。

「熱帯魚事件のことはね、もうなかったことにはできないかもしれない。だったらそんなの吹っ飛ぶくらい優しいシャチになればいいよ。それでじんじんは怖くないって知ってもらえれば、いつかじんじんの話を信じてくれるようになるかもしれないし」

ひとしきり聞いて、俺は何も答えられずにいた。

上手《うま》くいく可能性はあるのかもしれない。こんな境遇から抜け出せるなら藁《わら》にだって縋《すが》りたい。吟《うた》が俺なんかのために考えを巡らせてくれたのもありがたくてたまらない。

だがシャチとその子分としてセットで避けられるオチだって充分あり得る。あの想像力豊かな学校の奴《やつ》らが、吟と俺の関係にどんな理不尽な筋書きをつけるのか予想もできない。牧歌的なネーミングとは裏腹に危険な計画。その上吟には何のメリットもないときてる。

ダメだ、揺れるな。吟を巻き込んではいけない。

「ねえ、開けてよ……」

扉の向こうから泣き出しそうな声が聞こえる。それでも冷酷にノーと言うべきだ。できるだろ？　俺はあのシャチなんだから。

「ああもう！　ベランダから行くから！」

吟は唐突に宣言する。ワンテンポ遅れて走り去っていく音も聞こえた。

「……ベランダ!?」

ここ五階だぞ!?

――――何かの本で読んだことがある。コウテイペンギンは家族が暮らすコロニーにたどり着くため、二百キロもの長距離を歩むのだという。あの頼りない足で、何度も転びながら、極寒の地を一心に突き進む。彼らは行くと決めたらどんな困難な道でも行くのだ。

いくらオンボロマンションと言えど、世帯の間に仕切り板くらいある。ってことは吟が俺の家に入るためには柵から身を乗り出さないといけないわけで、その道中で足を滑らせたら地面まで真っ逆さまだ。

「冗談じゃない……！」

俺は半狂乱になって窓へと走る。ペンギンのように何度もすっ転んであちこちぶつけながらどうにか辿《たど》り着《つ》き、吟を待ち構えた。

少し遅れてお隣の窓が開いた。ペタペタと素足で歩く音。来る。ベランダから頭を突き出して様子を確認すると、吟は「私やってやりますよ！」とばかりに不敵に口角を上げた。

吟はその勢いで欄干に手をかけた。背筋が凍る。

「吟！　危ないからやめろ！」

「言ったでしょ？『ピンチになったら飛んで行く』って」

「そ、それは吟がピンチのときにって話だろ!?」

しかし吟は足元を覗《のぞ》き込《こ》んで硬直した。当然だ。どれだけ無謀か思い知ったのだろう。

「うぅ……」

悔しそうに声を漏らす。ペンギンは飛べない。翼のない彼女は、空を舞って俺の元へ来ることはできない。

——だが。

「……あ。ねえ、ここの壁にさ、面白いこと書いてあるよ。『非常の際はここを破って隣に避難できます』って」

「は……？」

俺たちを分つ仕切り板には確かにそう書いてある。……まさか。

「本当かなこれ？　俄然《がぜん》気になってきました」

「吟《うた》、ダメだ！　やめとけ！」

「離れててじんじん！　今行くから！」

ペンギンは飛べない。だが、飛び込むことができるのだ。

——シャチが住む海へ。

破裂音と共に、さっきまで壁をなしていた物が飛散した。小さなペンギン一羽のか弱いタックルが穴を開ける。

「ほ、本当だった……っ」

唖然《あぜん》と立ち尽くす俺の目の前で、吟自身も驚いていた。両手で髪を引《ひ》っ掴《つか》んで、瞬《また》く間に顔を青くしていく。

「……どうしよう!?　つい試したくなっちゃったけど、絶対パパに怒られるやつ！」

ファーストペンギンという言葉がある。

群れの仲間たちのため、シャチがいるかもしれない海に真っ先に飛び込む勇敢なペンギンを指す。しかしその実態はただ後先を考えていないか、単に足を滑らせて落っこちているだけだとも言われている。

どの説が正しいにせよ、吟は紛《まご》うことなきファーストペンギンだった。

「何でそこまでしてくれるんだよ……？　俺なんかのために……」

上手《うま》く声が出ない。俺は誰かにこんなにも全身全霊で気にかけてもらったことなんてなかった。吟には出会った瞬間から戸惑わされてばかりだが、今ほど混乱するのは初めてだ。

「もう観念してよ。聞こえてたでしょ？　やるよ、『ペンギンとシャチは仲良し計画』」

吟は服にまとわりついた欠片《かけら》を払いながら、平然と言いのけた。

「吟にそんなこと……させられない……」

「別に大変なことするわけじゃないじゃん。ただ二人で仲良くするだけなんだしさ」

「だから……俺と仲良くしたら……」

吟にはリスクしかない。それは脅かすくらいの勢いで伝えた。吟なら仲の良い友達《ともだち》なんて他にいくらでも作れるはずだし、俺一人に拘《こだわ》る意味なんてない。なのに――。

「どうして俺を助けようなんて思うんだよ！　分からない……っ！　何か理由があるのか⁉」

「理由って言われてもね……」

吟は困ったように頬《ほお》をかいた。

「じんじんは私に優しくしてくれた。だったら私もできることはしたい。それが仲間でしよ？」

「仲間……？」

「私はペンギンとしてここに来たんだよ。ペンギンは群れで生きるの。だから、仲間を大事にするんだよ？」

ベランダに差し込む西日に当てられて吟《うた》の瞳は煌《きら》めいていた。切実な声は吹き込んでくる冷たい風を打ち消すような熱を帯びて、俺の体の芯に響く。

「それだけか……？」

俺は吟が俺の仲間だと思われるのが怖くて、彼女を遠ざけようとした。それでも吟は俺を仲間と呼んだ。きっとそこには損も得も大それた理屈もなく、救いの糸を垂らすに足る充分な理由になっているらしい。

気づけば膝から崩れ落ちていた。

小さくてか弱そうで、一人で外を歩くことすら心配になる体が放つ圧倒的な力が、一年もの間俺を蝕《むしば》んでいた孤独を、有無も言わさず跳ね除《の》ける。

「吟……俺……」

長いこと溜《た》め続けた涙が一気に溢《あふ》れるように、次から次へと頬《ほお》を伝う。体が熱くて、その熱に咽《む》せるような勢いで叫びが漏れていく。

「もう嫌なんだ……！　俺はみんなが思ってるような奴《やつ》じゃないのに、誰も俺を信じてく

れない！　みんなが俺にいなくなってくれって願ってる！　こんなのもう耐えられない。でも自分じゃどうにもならないんだ……」

俺はどうしようもなく無力だ。差し伸べられた手を無責任に握ってしまうことが怖いくせに、それでも掴《つか》まざるを得ないくらい弱かった。

「頼むよ吟《うた》、俺を助けてくれ……」

絞り出すような声に吟は一つ微笑《ほほえ》みをくれて、俺の顔を包むように抱きしめた。身を寄せ合って朝を待つペンギンの群れの中に巻き込むように、俺に体温を伝える。

「辛《つら》かったね。でもきっともう大丈夫」

吟は必ず上手《うま》くいくと確信しているみたいに、俺たちが目指す希望の道を指し示した。

「じんじんが優しい人だって証明しよう」

第二章　君に心臓を捧《ささ》ぐ

最高に嬉《うれ》しいことが起こった。あと、最悪にマズいことも起こった。

前者は言うまでもなく、吟が俺を助けると言ってくれたこと。昨日まで世界に見捨てられたような気分だった。毎秒が惨めだった。そんな俺に吟は手を差し伸べてくれたんだ。

後者はちょっと、洒落《しゃれ》にならない。

俺は勢い余って――――吟を好きになってしまった……！

なんってことだ……。俺は学校中に忌み嫌われた絶望最底辺人間だぞ？　誰かに好意を抱く資格なんてどこにある。だいたい、優しくしてくれた相手を途端に好きになってしまうなんて、かなりキツめのモンスターじゃないか……？　でも待ってくれよ、この状況で吟を好きにならない奴《やつ》なんていないるのか……？　ペンギンじゃなくて神様だろあのお方！

ただ、幸いなことに俺はまだ冷静だ。こんな想《おも》いは迷惑にしかならないと肝に刻み込める程度にはな。

俺とどうこうなってほしいだなんて恐れ多い。できるだけ吟の遠くから「吟が未来永劫《みらいえいごう》幸せでありますように」と願う権利を得るため、失礼でなければお金をたくさん払わせてほしいなぁ（難しそうなら慈善団体に寄付します）と空想するくらいが俺に許されたラインだ。決して踏み越えないと誓うよ。

吟《うた》への感謝はどんなに言葉を尽くしても表現できない。吟が俺を助けたいと思ってくれただけで俺はとっくに救われているんじゃないかと思う。だけど、ちゃんと助かるように努力するのがこっちの責任だよな。

――本日より、吟が提唱する「ペンギンとシャチは仲良し計画」が始動する。

学校の連中はシャチがペンギンと絡んで無事に帰すはずがないと考えている。しかし俺はその予想を裏切り続ける。するといずれ俺が危険人物だという前提自体を疑うようになる、という筋書きだ。

もしこの計画に効果があるなら、俺は好きな子と一緒に過ごしているだけで自然と救われていくことになる。

……努力もクソもないな。ただのご褒美だろ。いくらなんでも都合が良すぎる。でも、俺も吟も昨日目撃したんだ。俺が吟を助ける様を見て衝撃を受けていたクラスメイトたちを。

吟は手応えを感じている。それに、俺が周囲の信頼を勝ち得るだけの人間だと信じてくれているんだ。だったら俺も信じて飛び込んでみよう。前向きで積極的な吟を見ていると、希望があるって気がしてくるんだ。

七時になるのを確認したとき、ふいに窓をノックする音が聞こえた。

そっちからやって来る人物は一人しかいない。俺は高鳴る胸をブチ抑えながらベランダに向かい、レースのカーテンを開けた。

好きな子の姿は、強烈だった。

吟はちょっと照れくさそうにはにかんで、目だけで俺を見上げている。頰《ほお》に影が落ちそうなふわっと広がるまつ毛。磁器のようにスベスベしていそうな白い肌。コントラストが美しい赤くくっきりした唇。昇った朝日が完敗を認めて引き返していきそうなほど輝く美少女がそこにいた。

……ダメだ！　昨日の八千兆倍可愛《かわい》く見える！

これが恋をしてしまった人間の病理なのか？　何てはた迷惑な想《おも》いを抱いてしまったんだ。封印しろ！　罪だからなこれは！

でも、おい、待ってくれ！　エプロンだ！　フリフリのついたエプロンと、髪を襟足のあたりで一つに括《くく》ったお料理モードのお披露目《ひろめ》！　お隣さんという奇跡が産んだ光景だ。急激にこのオンボロマンションが愛《いと》おしくなってきたぞ。俺建築の道に進もうかな？

「開けてよ〜！」

「あっ、悪い……」

窓越しにかけられた声で俺は我に帰った。扉を開けつつ冷静に、本来俺が言うべき言葉を思い出す。

「う、吟《うた》。来ちゃダメだって言ってるだろ」

「いいじゃん別に。ちょっと用事があったの」

吟は思いっきり不満そうに頬《ほお》を膨らませた。そんな顔しても可愛《かわい》いだけだ。こんな危険思想の男の家に来るなんて不健全極まりないというのに。

「やっぱり穴のことパパさんに正直に話した方が……」

「そ、その話は昨日済んだでしょ」

パパさんは吟と対照的にこの世の全てに興味がないとのことで、穴の前に何かを立てかけておけば絶対バレないと吟は主張していた。……実の娘が言うならそうなのだろうが、

「隠したいってことはバレたら怒る人ではあるんだろ？」

「はい……」

小さな身体《からだ》をさらに縮こまらせて怯《おび》えている。俺のためにやってくれたことで叱られるなんて、放っておけないな。

「俺がやったってことにしていいぞ？」

「じんじん、それ絶対ダメ！　学習しなさい！」

「あっ……！」

どうも俺は好きな子のために無茶《むちゃ》をしてしまうきらいがあるらしい。吟のことが激烈に

好きになった今、その点は常に気を付けていた方がいいな。また何かやらかしたら吟に顔向けできない。

　吟がパパさんに打ち明ける勇気を出すまで穴はこのままになりそうだ。サイズ的に俺は通れないのでご安心くださいと、まだ見ぬパパさんにテレパシーを送るのみ。

「それで用事って？」

「あ、そうだった。あのね、フライ返し貸してくれない？　この前へし折っちゃってさ」

「へし折った……？」

「そこ食いつかないで。悲しい話しか出てきません」

　多分、何かを派手に失敗したんだろう。吟が忌々《いまいま》しそうに眉を歪《ゆが》めたのでご要望の通り追及はしなかった。キッチンに足を向け、ペンギンの行進のようについてくる吟に問いかける。

「朝ごはん作ってるのか？」

「ううん、お弁当。今日の作戦に使うでしょ？」

「……え？」

　本日はシャチとペンギンは仲良し計画の第一作戦・「二人でランチ」が決行される。保健室への送り迎えをしてくれた俺に吟がお礼をすると言う体裁で――……あれ？

「そっか……。吟が用意する設定だったのか」

「え？　そりゃそうでしょ？」

吟《うた》が何を当たり前のことをと言いたげな表情でキッチンを覗《のぞ》き込《こ》み、硬直した。

「……どうしてじんじんもお弁当作ってるの？」

狭い作業スペースに並べられた二つのお弁当。早起きの成果である。

「お、お礼がしたいのは俺の方だったから……？」

気持ちが先走り過ぎた。初《しょ》っ端《ぱな》から作戦を誤認するとは。

「じんじん、気持ちは嬉《うれ》しいんだけどさ、お礼なんて考えなくていいからね。私特別何かするわけじゃないんだし。ただじんじんと遊ぶだけだもん」

吟は呆《あき》れたような申し訳ないような表情で、俺に苦言を呈す。

「……そう言ってくれることがもうありがたいんだ。誰も俺と関わってくれなかった。俺にとってはすごく特別なことなんだよ。なのに吟は当たり前みたいに……」

「だったら当たり前にしていこうよ。今日から一緒に頑張ろうね！」

本当に神様みたいな人だ。どうしたらこの恩を返せるんだろう。昨日からそればかり考えている。俺に構ったって吟には何のメリットもないし、何ならリスクだらけなんだぞ？

「で、でもいきなり頓挫しそうだね。どうしよっか、じんじんが作ったお弁当？」

「あっ！　吟ももう作り始めてるか⁉」

「ううん、それはまだなんだけど……」

俺は「吟が作ったことにしよう」という言葉をギリギリ呑《の》み込んで、別案を出す。

「朝ごはんにどうだ？　助けてもらうのは俺なのに昼用意してもらうの悪いし、これと交換ってことで」

「いいの!?　じゃあそうしよ！　わ〜、楽しみ！」

吟が早速頂きますとばかりに「んっ」と両手を伸ばすので、そこに弁当と割り箸を載せる。にわかに緊張してきた俺をよそに吟は嬉しそうに顔を綻ばせ、テーブルに向かって行った。

「いただきま〜す！」

吟はきちんと一礼をキメたあと、アスパラガスの肉巻きを一口で放り込んだ。

……喉に詰まらせたのかと思った。突然吟の瞳孔が開いて蝋人形《ろうにんぎょう》みたいに固まってしまったから。俺は慌てて携帯を取り出してレスキューを呼ぼうとしたが、吟の第一声でその手が止まる。

「お、おい……し……すぎる……」

うわごとのような辿々《たどたど》しい声。震える唇。

「じんじんって天才……？　え？　ご家庭でこんな味って出せるの……？　ママごめん、私ここんちの子になりたい……」

「ほ、褒め過ぎだよ。普通だってこの程度」

「どうしよう怖くなってきた……。私の料理ってただの食材への侮辱だったのかも……」

「言い過ぎだよ！　お、俺だって料理なんてちょっと本で勉強したくらいだよ。誰でもこれくらいできるようになるって」

「う～……、その本貸して。毎日抱いて寝るから」

こんなに褒められると全身がむず痒《がゆ》くなる。吟《うた》は感情表現が豊か、というより過剰の域にいるな。何の変哲もない家庭料理でここまで感動できるなんて。

「じんじん、ごめん、私お弁当作るのやめて何か買うね……。これ食べたあとに自分の料理出すのは拷問です……」

「え？」

「私普段はお料理当番なんだけどね。パパが味に興味がないからどうにか成立してる、って言えば分かる……？」

「お、おお……」

フライ返しを殉職させる手腕、と考えると確かに穏やかではなさそうだ。吟が作ってくれたなら何だって食べるけどな。……手料理を頂けるチャンスを失うのはショックだけど、吟に負担がかからないならその方がいい。

「あ、じんじん！　お料理上手をアピールしたらイメージアップになるんじゃない!?」

「いや、日頃から死体を調理して食ってるって噂《うわさ》に置き換わると思う」

済みだ。

「も、もう……変な学校だよ」

奴《やつ》らの発想力には舌を巻く。常に最悪を想定しておかなければ痛い目に遭うことは経験済みだ。


「吟、くれぐれも慎重にな。うっかりすると何言われるか……」

「分かってるよ。だから今日もこんな回りくどい作戦なんでしょ？」

吟は少し不満そうに口を尖《とが》らせた。

「私は別に……、ただ一緒にいるだけでいいと思ったけど」

俺は「ペンギンとシャチは仲良し計画」に一つ修正を要望していた。吟が俺といると吟まで周囲から避けられてしまう恐れがあるため、考えなしに行動を共にするのは危険だ。よって、ある条件を定めている。

「俺と吟が一緒にいる妥当な理由があって、周りの奴らがそれを理解してる……って状況以外で俺と絡んじゃダメだ」

本日で言えば「保健室に連れて行ってもらったお礼をする」という名目がある。そして俺が吟を運んで行ったのはクラス中が目撃した周知の事実。ストーリーはできあがっている。

逆に、条件が揃《そろ》わなければちょっとした挨拶を交わすことすら禁止である。もちろん呑《のん》気《き》にチャンスを待つつもりはないけどな。吟と関わってもおかしくないシチュエーションを自作自演する。それがこの計画の肝だ。

「私はもっと気軽にお話ししたいのに……」

「ありがとな。でも吟《うた》を守りたいんだ。俺のことなんかより吟が最優先だからな」

大事な話だ。吟がうっかり俺に声をかけてこないように、真《ま》っ直《す》ぐ吟の目を見据えながら言い含めておく。

吟は箸を止め、照れくさそうに呟《つぶや》いた。

「学習してって言ってるじゃんか……」

＊＊＊

「き、昨日はー、ありがとうございました～！」

昼休みの教室。吟のセリフから俺たちの第一作戦は始まる。

「お礼に、えっと、ご、ご飯を買ってきたので～、一緒に食べよ？」

「え？　いいのか？　じゃあお言葉に甘えて」

「きゅきゅ、急にごめん、ね？」

「いや、いいんだ。ちょうど何か買いに行こうと思ってたから助かるよ」

なぜ吟が俺の元に来るのかを周囲に理解させるためのやり取り、のはずだったのだが、不自然過ぎて冷や汗が出る。

吟は自分が情けないとばかりに目を潤ませ、俺にしか聞こえない音量で囁《ささや》いた。

「言わないでじんじん……っ！　演技下手だって自覚あるから……！」

「だ、大丈夫。緊張しながら勇気を出して誘ったって感じに見えると思う」

「ていうかじんじんはどうしてそんなに自然にできるの……!?」

「演技論みたいな本を読んだことがあって……、いや、でも俺も大したことないぞ」

フォローは入れつつ、今後の作戦では吟にはあまりセリフを要求しないと決めた。吟のご負担はなるべく軽くしなければ。

さて、突如勃発したシャチとペンギンの集会。

案の定クラスの連中の注目を一気に集めた。どよどよという文字が空気中に書いてあるような雰囲気の中、俺が聞き取れた文言は軒並み酷《ひど》いものだった。

「おい、誰かアイツに近寄っちゃダメだって説明しろよ！」

「このままじゃ惨殺されて血を抜かれる……！」

「羽柴《はしば》さん自身が餌になっちゃうよ……」

この反応はある意味上々。やはり俺は吟を格好のターゲットと認識しそうな奴《やつ》だと思われていて、吟はいかにも俺に食べられてしまいそうな子という扱い。その予想を裏切ってやればインパクトは大きい。

クラスメイトたちは「死体見ちゃう！」と怯《おび》えまくっていたが、やっぱり助けに入る勇者はいないようだった。無事に二人きりのランチが成立。ここから先はフリートークだ。

吟《うた》は気を取り直して手に持っていたコンビニのビニール袋を机の上に置き、中からおにぎりを取り出した。

「じんじんどのおにぎりがいい？　好きな具何？」

「何だろ、シャケかな」

「私もシャケ好きなの！」

「あ、じゃあ譲るよ。吟が食べたいもの食べてくれ」

「えへへ～、大丈夫！　なんと二つ買っておいたのです！」

吟が得意げに顔を綻ばせる。台本がなくなって一気に肩の力が抜けたようだ。可愛《かわい》すぎてニヤけてしまいそうになった俺は太ももをねじり取る勢いでつねった。

「わざわざこんなに用意してくれてありがとな。別に気にしないで良かったのに」

「気にするよ。私あんなに大騒ぎしちゃったんだし。しかも何ともなかったし」

「元気で良かったよ。転校したてで緊張してたのかもな」

「そうかも。でも楽しいよ！　じんじんの他にも優しくて親切な人がいっぱいいてね。あ！　あと、このクラスに芸能人の人がいるって聞いたよ！　ぜひお話を伺いたいです！」

「……あー、あの人か。仕事であんまり学校来てないらしいんだよな」

吟はシャチを前にして何ら警戒していない。警戒が必要だとは微塵《みじん》も感じていない。そして俺も、普通だ。

——見てるかみんな？　ペンギンに牙を剥《む》くどころか同じご飯を分け合って食べている俺を。俺は本当にお前らが思っているような獰猛《どうもう》で危険なシャチか？

反応を確かめるため、俺は盗み聞きを試みる。

「……すごい平和じゃない？」

「吟ちゃん普通に懐いてる……。シャチは吟ちゃんのこと気遣ってるし……」

「え、逆にいい人そうに見えてきたんだけど」

「騙《だま》されるな！　で、でも確かに今は全然怖くないな……」

俺と吟はさりげなく目を見合わせ、お互いが笑いを堪《こら》えたところを確認する。

——確実に効いている。吟の効果は絶大だ……！

吟の見立ては間違いじゃなかった。ペンギンとシャチは仲良し計画の根幹である「吟と一緒にいると俺の好感度が上がる」という現象は確かに存在したのだ。

第一作戦・「二人でランチ」は早くも成功と見ていいだろう。これだけですぐに俺の扱いが改善されるとは思えないが、充分な布石は打てた。

俺たちの様子に安心したのか、はたまた緊張し続けるのに疲れたのか、周囲の人たちは注目度と警戒度を徐々に下げていった。盗み聞きに気をつける必要はなさそうだ。あとはただ好きな子と一緒にご飯を食べるという幸せを噛《か》み締《し》めているだけでいい。

——ちょうどいい機会だな。

「あのさ、吟《うた》」

吟の口はおにぎりを咀嚼《そしやく》するのに忙しいらしく、「何？」の代わりにコテっと小首を傾《かし》げた。その動きが本当にペンギンみたいで愛らしい。

「今まで俺の話ばっかり聞いてもらってるから、吟の話も聞かせてくれよ。好きなこととか」

俺はまだ吟のことを全然知らない。あまりに急激に接近してもらったせいで色んなステップをすっ飛ばしている気がする。

「楽しそうなことは大抵好きだよ。大抵のことは楽しそうだし」

吟は納豆巻きに手を伸ばしながら平然と言いのけた。……なんだか羨ましい。吟みたいな心構えで生きていたら、きっと世界は希望とワクワクに満ちて見えるんだろうな。

「特定の趣味とかないのか？　前の学校でやってた部活とか」

「部活は入ってなかったんだ。あ、でも全部見学しに行ったよ！」

「全部……？」

何にでもとりあえず飛び込んでみる好奇心は流石《さすが》の一言。どの部の先輩もリアクションの派手な吟に指導するのは楽しかったことだろう。

「全部面白くて選べなかったのか？」

「うーん、それもあるんだけどね……。何やっても下手なの。歩くのすらちょっと苦手だし。……ハハ、なんかペンギンって不器用そうだもんね」

吟は自嘲気味に微笑《ほほえ》んで、取り繕うように納豆巻きにかぶりついた。珍しくネガティブな発言にこちらの胸の奥までざらついた。吟に関しては「上手」の対義語を「可愛《かわい》い」に変更する法律を作るべきじゃないか？　料理が可愛いとか、演技が可愛いとか。

「でもね、私が本当にペンギンだったらさ、海に入ったらすごいじゃん？　スイスイ～って自由に泳げるの。私にもそういう場所があればいいなって思って、ずっと探してるんだ」

「……」

すとんと腑《ふ》に落ちた気がした。吟があの強烈な好奇心を育んだのはそんな背景があったからなのか。

そして同時に、全身が粟立《あわだ》つような高揚感が湧いてきた。

「それ、俺に手伝わせてくれ」

巡り会えた気がしたんだ。恩返しをする方法に。

「これからせっかく一緒にいるなら、吟にとっての海を探す時間に使おう。一人じゃできないことなら俺が付き合うし、上手《うま》くできるように手伝うよ」

ペンギンとシャチは仲良し計画が真の完成を見たのかもしれない。俺ばっかりが助けられるんじゃない。吟《うた》のための活動にもできる。

「いいの⁉」

途端に吟の顔がパッと華やいだ。大きく見開かれた目が熱い期待を伝えてくる。えも言われぬ幸福感が俺の全身を駆け巡った。吟が喜んでくれると俺も嬉《うれ》しい！　俺の命は吟に尽くすために在ったのかもしれない……！

「早速だけどやってみたいことは？」

「ある！　あのね、すっごく興味があるけど一人じゃ不安なことがあるの！」

「何でも言ってくれ」

俺は心して次の言葉を待ち構えた。ナイフ投げに挑戦したいなら頭の上にりんごを置くし、狩りをやってみたいなら獲物として野山を駆け回ろう。吟の中にはきっと何かしらの才能が眠っているはずだ。叩《たた》き起こすためなら命を捧《ささ》げようじゃないか！

しかし吟の回答は、思わず首を傾《かし》げるものだった。

「東京タワーに行ってみたいので案内してほしいです」

「………………？」

困惑する俺をよそに吟は俺のスケジュールを聞き取り、早速二日後の休日に実施すると決定してしまった。もう展望台からの景色に想《おも》いを馳《は》せるように虚空《こくう》を見つめている。

待ってくれ吟。何か違うぞ。それはただの観光なのでは？
というかそれは、…………デートなのでは？

＊＊＊

『こちら羽柴《はしば》。どうぞ』

電話越しに吟の軍人モノマネが聞こえる。厳しい雰囲気とは裏腹に、ノリノリなのを隠しきれていない。

あっという間にやってきてしまった吟とのデ……、いや、恐れ多くも吟の東京タワー観光案内係を務めさせていただく会。俺たちはお隣さんだというのに、電話をしながらバラバラに最寄駅を目指している。

我らがオンボロマンションは学校に近すぎるため、並んで歩く姿を他の生徒に目撃されないようにという配慮である。休日だろうと部活で来ている奴《やつ》は多いだろうしな。慎重に慎重を期して行動するべきだ。

「はぐれてないか？」

『大丈夫であります。じんじん隊長は背が高いのでよく見えています』

吟は俺の十メートルほど後ろをついてくる。まるでペンギンの群れの隊列のようだ。この移動方法が俺たちの標準スタイルになるんだろう。

「ところで、吟《うた》はどうして軍人になっちゃったんだ？」

『秘密の作戦に従事しているようで楽しくなっちゃったからであります』

分かるような分からないような。でも面白がってくれたならオーケーだ。この方法を提案したときは散々ゴネられたからな。

『しかし隊長、一点ご報告です』

「どうした？」

『隊長に〝尾行の才能があるかもしれないから〟と唆《そそのか》されてまんまとノセられたわけですが、おそらくないと思います。先ほどからお店や道行く人々に目を奪われて度々隊長を見失っています』

「き、気をつけてくれよ」

『もうお隣に向かいたいので観念していただけませんか？』

俺だって本当は近くで吟を見ていたい。今日は初めて私服を拝めるというのに、まだ一度も吟を視界に入れていないのだ。

『この前のランチ作戦のあとだって私避けられたりしてないよ？　やっぱりじんじん考えすぎだよ！』

熱がこもったのか口調が素に戻る。確かに聞く限り俺の悪評が吟に感染するような事態にはなっていない。しかしあのあと吟が周囲から「もうシャチに近づいちゃダメ！」と警告されまくったのも事実。さらに言うなら、

「結局俺の状況も変わらなかったからな……」

クラスメイトたちの反応は良さそうに見えたのに、俺はまだまだビビられている。相変わらず誰とも目が合わないままだ。

『まだ一回しか試してないんだし、きっとここから大逆転だよ。……めげるなよ！　じんじん一等兵！』

「羽柴《はしば》元帥……！」

唐突に主従が逆転したところで、我が軍は駅に到達した。合流地点は電車の中。時刻やホーム、乗換ルートや一番近い階段まで調べ上げて報告書を奉納済みだ。もう無理して接近するまでもなく、電車を待つ列の中で自然と縦に並んだ。

俺は周囲にウチの制服やジャージを着ている人間がいないか確認し、電車が到着するや否や乗り込んで車内も確認した。ドアが閉まる音を聞き、ようやく振り返る権利を得る。

「作戦成功だね！」

吟は手を後ろに組み、してやったりの表情で俺を見上げる。そして俺はついに吟の私服を見てしまった。

「…………っっっっ！」

純白のトップスは肩口が大胆に空いていて、半袖がヒラヒラと広がっている。裾を薄いグレーのショートパンツに入れ、細い足がスラっと伸びる。全体的に色素のない中、ベルトとサンダルという小物をビビッドな黄色で揃《そろ》える差し色がキマっていた。シンプルながら清冽《せいれつ》で透明感溢《あふ》れるスタイル。

普段は下ろしているセミロングの髪は後頭部のあたりでふんわりと丸みを帯びたお団子になっていた。それ単体で破壊的な魅力を放っているだけに飽き足らず、「きっと一生懸命鏡の前で格闘したんだろうな」という想像までかき立ててくるのが恐ろしい。

――いや、休日モード可愛《かわい》過ぎか！　くの字になってぶっ飛んで窓から射出されそうになったぞ！　吟《うた》は軍人ではなく俺を仕留める兵器だったのか？

「……じんじん、東京の人にはピンとこないのかもしれないけどさ。北海道にだって文明はあるんだから服くらい着るよ？」

あ、ヤバい、ガン見しているのがバレた。俺はさぞみっともない惚《ほう》け顔で固まっていたのだろう。

「そ、その、随分薄着だなと思って……」

苦し紛れの言い訳を脳を通さず漏らした。実際、四月にしては寒そうだ。健康的な雰囲気とはいえ露出が多くて目のやり場に困る。

「東京の気候をナメているので」

「な、なるほど」

吟《うた》は北から目線で鼻を鳴らす。そりゃそうか。極寒を生き抜いた実績があるんだ。俺は話題を変えるため、これ幸いと北海道の話に乗っかる。

「北海道のどの辺に住んでたんだ？」

「う〜ん、言ってもピンと来ない思うけど……、小樽《おたる》って聞いたことある？　それのちょっと奥。あ、ちょっとって言っても東京の人からすれば冒険の距離かも」

吟は腕を伸ばすジェスチャーで「奥」を示す。それって方角的にはどっちなんだ？　札《さっ》幌《ぽろ》から見てってことか？

「すっごい田舎なんだよ。高い建物なんて一つもないの。だから東京に来たら絶対タワーに登るって決めてたんだ〜。どんな景色なんだろう……」

吟はドアの窓に寄って行って、まだ見えない目的地に想《おも》いを馳《は》せていた。これだけ楽しみにしているんだ。絶対に良い思い出を作ってもらわねばならない。

……大丈夫、抜かりはない。

チケットは確保済み。場内マップは完全把握。休憩できる店やお手洗いの場所、万が一の避難経路まで頭に叩《たた》き込んである。家から常備薬を全部持ってくる勢いであらゆる「もしも」に備えたせいでリュックがパンパンだ。

「と、ところでじんじん？　もしかして東京ってこの季節の電車は暖房ついてないの？」

「ん？　特別寒い日じゃないともう――って、まさか寒いのか……？」

吟は「自分、情けないです」と言わんばかりのどんよりとした表情で振り向いた。つい さっきのドヤ顔が見る影もない。

「だ、だって！　北海道はどこに入ってもアホみたいに暖房効いてるから、室内ではむしろ薄着じゃないと暑いんだもん……」

「そういうもんなのか」

空調がある環境に合わせて服を選ぶクセがあるのかもしれない。同じ国だというのに異文化だな。

「悪い、俺がそれを知ってれば事前に……」

「えぇ？　じんじんの責任じゃないよ。やっぱ私知らないことばっかりなんだなぁ」

慣れない土地なのだから無理もない。俺はどうにかフォローを入れようとしたが、……吟には無用だった。

「えへへ、ワクワクするね。知らないことがあるって」

「！」

吟にとって「知らない」は「知る」を楽しむための最高のスパイスでしかないのだろう。無敵のマインドだ。分不相応にも抱いてしまった恋愛感情とは別に、ただただ憧れる。

だが、実際問題寒がっているのは見過ごせないので。

「俺ので良ければカーディガン着るか?」

俺はリュックから地獄のヘドロのような黒の布塊を引き出す。こんなものせっかく着飾った吟《うた》を汚す害悪でしかないが、吟を凍えさせてしまうよりマシだ。

「ありがと〜! わ〜、ほんとに助かるよぉ……。早速着させてもらうね」

吟はカーディガンを受け取って袖を通す。途端に俺のしょうもない服が天使の羽衣に早変わりしたように見えて、俺は思わず目を擦《こす》った。結局服って着る人次第だ。

吟は羽織ったそばからクスクスと笑い出した。

「あはは、じんじんの服おっきすぎ!」

吟が大きく前へならえをすると、前腕のあたりから先が床に向かって垂れる。裾はふくらはぎまで到達し、ほとんど全身が覆われてしまっていた。

「無理があったな……」

「ううん、袖まくっちゃえばなんとかなるよ。ほら、こうやって――」

「あ、ちょ、ちょっと待ってくれ! ……なんか、今すごくペンギンっぽいぞ?」

元々着ていた服と肌で体の正面だけ白く、背中側は黒い。指先まですっぽり隠れた腕はフリッパーのようだし、足先に黄色が入っているのもそれっぽい。カラーリングだけではなく、デカサイズのせいで下半身にかけて広がっていくシルエットもまさにペンギンだった。

「あー、本当だ！」

吟は体を左右に捻《ひね》りながら自分の現状を確認する。手足の所作が見えづらいせいで動いてもなおペンギンらしい。

「これから作戦のときはおっきめのカーディガン着てこっか⁉　見た目も寄せていくのは大事かも！」

「確かに……。吟が薄着すぎたときにも役に立つし」

「そ、それ！　絶対私同じミスしそうだし！」

カーディガンは色んな意味でキーアイテムになってきそうだ。よし、貢ごう。吟にわざわざ買ってもらうのは悪いし、必要経費は俺が出すべきだしな。

「……ところで、じんじん。もしかしてそのパンパンのリュックには、私を接待するグッズがぎゅーぎゅーに詰まってるのかな？」

「えっ⁉」

「そうなんだね？」

吟はジトっとした目で俺を見上げる。

「あのね、じんじん。この前も言ったけど、私にお礼しようとしなくたっていいんだからね。今日なんてむしろ私が付き合ってもらう側なんだからさ」

「いや、だって、俺が吟のおかげでどれだけ助かってるか――」

「私はじんじんも一緒に楽しんでくれるのが一番嬉《うれ》しいんだからね。……次またそんなリュックで現れたら、私がぶら下がってもっと重くするから」

不満そうに口を尖《とが》らせる吟《うた》を見て俺は決意した。……貢ぐならバレないようにだ。

＊＊＊

俺は今、東京タワーの麓にいる。どういうわけか好きな子と二人きりでだ。

いざ到着すると改めて疑問になってくる。何が起きてるんだ俺の人生？　つい先週まで沼底で溺れているような日々だったのに、世界一幸せな男に成り上がってないか？

「う〜、じんじん！　早く展望台に行こ！」

隣で吟がこれ以上ないほど昂《たかぶ》っていた。ぴょんぴょんと跳ねる度に前髪が捲《めく》れては戻ってを繰り返し、無垢《むく》なおでこが見え隠れする。興奮のあまり体温が上がったのかカーディガンは回収済みだ。

「あっちが入り口だ。はぐれないように気をつけてな」

「はい！　ついていきます！」

キョロキョロしている内に迷子、なんて展開は容易に想像がつく。俺がしっかりしないとな。こんな可愛《かわい》い子すぐに攫《さら》われて飾られてしまう。

二人肩を並べて歩いてエレベーターに向かう。いよいよデートっぽくなってきた気がしてきて、急激に緊張感が高まってきた。心臓がバクバク鳴り続けている。

一方、吟はこの状況を何とも思っていないようだ。そりゃ俺なんぞと出かけたところで変に意識する方がおかしい。俺は本来吟を遠くから見守る権利すらあるかどうか疑わしい下賤《げせん》な存在なんだからな。

俺はゆめゆめ思い上がりなどせず、「ウッヒョ～、デートだ！」などと浮かれることなく、粛々と案内係を務めるべきだ。……まあ、東京タワーに来たとて「吟の得意なことを探す」という本来の目標には全く向かっていない気がするが、せめて全力で楽しんでもらおう。

「あ！　あっちがチケット売り場だって！　結構並んでるみたい」

「大丈夫。予約してあるから」

「え!?　ありがと！　じんじん頼りになる！」

早速下準備が生きた。なんともったいないお言葉だ。やはり吟に喜んでいただくのが俺にとって唯一にして最大の幸福。

「一人いくらだった？　すぐ払うね」

「…………三百三十三円」

「へ～、案外安いんだね？　あ、タワーの高さに合わせてるってことか！」

無論、嘘《うそ》である。それっぽい理屈がつきそうな値段にしたらまんまとハマってくれた。本当は全額払わせてほしいけどここは堪《こら》えよう。

「い、急ごうか。エレベーターはちょっと並ぶみたいだから」

「うん！」

どうにか料金表を見られる前に退散し、俺たちは列についた。観察した感じ十分待ちってところだろう。

こういった時間も退屈させないための準備もしてきた。東京タワー関連の書籍を読み漁《あさ》ってちょっとした小話を仕入れてある。

「吟《うた》、知ってるか？　ちょっと前に東京タワーで不思議なことが起こったんだ」

「え!?　なになに!?」

素晴らしい食いつき。実に話しがいがある。

「改修のために支柱を一本切ったら中からなぜか野球ボールが出てきたんだ」

「野球ボール？　どうして？」

「それが謎なんだ。構造的に建設中に工事の人が入れたとしか考えられないらしいけど」

「何で工事の人がそんなことしたの？」

「今となっては誰もわからない。上で展示されてるから実物を見てみよう」

俺が指を頭上に向けると、吟はスローモーションのように目と口を大きく開いていった。

「じんじん……っ。なんっっっっってワクワクする話を……っ！」

吟が三日ぶりに水を飲んだあとの「あ〜っ！」みたいな表情で身悶《みもだ》える。ありがたいことに相当お気に召したようだ。面白うんちく作戦も成功だ。

「きっとさ、工事のおじさんに野球をやってる子どもがいたんじゃない？『たかし、お前のホームランが東京タワーに届いたぞ！』って言ってあげたんだよ！」

「おお……」

腰が抜けるかと思った。なんて夢のある愛らしい解釈なんだ。

「たかしすごいなぁ……。ホームランなんて私には想像もできないよ」

吟は空想上のたかしに敬意の眼差《まなざ》しを向けていた。……そうか、野球部も見に行ったんだったな。そして残念ながら上手《うま》くいかなかったと。

――どうにか見つけてあげたいな。吟が輝ける場所、吟にとっての海を。

「……あれ、じんじん。ここって野球もできるの？」

「え？　野球？」

「ほら、あのポスター」

吟が指差した先には、確かにバッターのようなフォームで立っている人が写っていた。その横には銃を持っている人がいたり、車のハンドルを握っている人がいたり……。

「あー、あれはここのゲームセンターだな。ＶＲを使った最新のやつが集まってるらしい」

「ぜ、絶対行きたい！　私は『最新』という言葉が弱点です！」

なるほど、目新しいものには特に興味を惹《ひ》かれるのか。

「VRってあれだよね？　本当に体験してるみたいなやつ。まとめて色んなことに挑戦できるんじゃない⁉」

「あっ！　そ、それだ！」

図らずも、ここには最高のスポットがあった！

何故《なぜ》俺は下調べのとき思いつかなかったんだ。この世の全てを楽しもうと思っている吟《うた》と曇ってくすんだ目しか持たない俺では世界の見え方が違うんだろうな。流石《さすが》だよ吟。

「行ってみよう。経路的には展望台のあとだから、まずは景色を楽しんでからな」

「うん！　盛り上がってきたね！」

急激にこのお出かけに計画上の意味がもたらされた。もうデートみたいだとか妄言垂れてる場合じゃない。全力で吟のサポートに徹するぞ！

決意を新たにしたところでちょうどエレベーターが到着した。俺たちは意気揚々と乗り込んで、ガイドさんの説明に耳を傾ける。目指すは二つある展望デッキの高い方。地上から二百五十メートルの世界だ。

エレベーターが動き始めると壁や天井に張り巡らされた星々のような照明が虹色に煌《きら》めく。普通のビルではあり得ない速さで急上昇し、あっという間に地面が遠くなっていった。

呑気《のんき》に「すげ〜」くらいの緩い感想を脳裏に浮かべていると、ふと左の手首あたりに何かがモゾモゾ動く感覚がした。

――吟が、俺の袖をつまんでいる……！

「ちょ、ちょっと怖いかも……」

「〰〰〰っ！！！」

俺は見てはいけないものを見てしまった気がして、思いっきり首を上に跳ね上げた。

心臓が爆散する勢いで暴れ出す。このままじゃ鼓動でタワーを爆破した胸キュンテロリストとして名を馳《は》せることになってしまう。

エレベーターが加速していくと、左腕周りの布をさらに引っ張られる感触があった。多分、吟がより強く握ったんだ。あの白くて小さな手で。肌が触れているわけでもないのに吟の体温が伝わってくるようだった。

ええい、意識するな！　吟を支える棒になりきれ！　今さっき再確認しばかりじゃないか。これはデートではないのだと。いや、しかし、この状況でドキドキしないのは無理過ぎるだろ……っ。俺この勢いで天国まで上っちゃうんじゃないか……っ？

――到着です、というガイドさんの一言で、俺の魂はどうにか地上二百五十メートルまでは降りてきた。

「……あれ？　じんじんも怖かった？　ちょっと顔色悪いよ？」

「そ、そ、そうか？」

ギリ耐え抜いたぞ。危うく地上では生きていた奴《やつ》が展望台に到着する頃には死体になっているというクソマジックを披露するところだ。

「さあ突入だよじんじん！　東京をしゃぶり尽くすよ！」

早くも高さに慣れたのか、はたまた恐怖を好奇心が上回ったのか。吟《うた》は俺を置いて一目散に窓際へと駆けていった。俺は分不相応にもときめいてしまった心臓にお叱りの一撃を加え、気を取り直して吟に追従する。

吟は手すりに両手を乗せ、東京の街並みに見入っていた。

「想像よりずっとすごい……」

しみじみと感じ入るように息混じりに呟《つぶや》く。空に憧れるペンギンみたいだ。

「じんじん……連れてきてくれて本当にありがとね。おかげで私ずっとワクワクしてる。こんなに幸せな一日はないよ」

「俺はただついてきただけだよ」

そりゃたっぷり準備はしたけど、俺の貢献なんて大したもんじゃない。感謝するならこのタワーを建ててくれた人々と、この世に生を受けてくれた吟にだ。

「私見えるとこ全部行ってみたい。あのビルも、あの公園も、あの海も。全部自分の足で行って自分の目で確かめたい」

吟の声は力強く、確信に満ちていた。ただの夢ではなく、本当に実現するつもりの予定のように聞こえた。俺は景色よりもそんな吟を見て息を呑《の》んでいた。

吟はきっとやり遂げるんだろう。

強烈な好奇心をエンジンにして、警戒心なんてブレーキは捨てて。

「吟の……、そうやってどこにでも真っ先に飛び込んで楽しもうとするところは立派な才能だと思うぞ」

思わず口から溢《あふ》れた言葉に、直後自分で頷《うなず》いた。

――そうだ、わざわざ探さなくったって吟にはすごい力があるじゃないか。吟を見ていると周りの人間までつられて楽しくなってきて、自分もついていきたいと思ってしまうくらいだ。普通はできないことだと俺は思う。

「えへへ、ありがと。でもちょっと違うんだよね。それは得意なことっていうよりただの性格だもん」

「そうかな、俺は尊敬するけど……」

「私はね、『私ってのはこれができる人です！』って自信を持って思えるような何かが欲しいって思うんだ。……あ、でも焦《あせ》ってないよ。色んなこと順番に試して、その内見つかったらいいなって思ってるだけ」

一秒でも早く探し出そうと息巻く俺をよそに、吟は相変わらず窓から見える街並みに目を奪われていた。

「今日はこの景色を見れただけでも充分だよ。東京に来て良かったな……」

掠《かす》れる声で囁《ささや》かれたその言葉は意味とは裏腹に少し寂しそうで、俺は思わず尋ねた。

「吟《うた》はどうして引っ越してきたんだ？」

そしてすぐに後悔した。

「ん～……、まあ色々あってね」

吟は明らかに回答を濁す。――――迂闊《うかつ》だった。

ちょっと考えればわかるはずだった。確か吟は単身赴任する予定だったパパさんの家に転がり込んだと言っていた。二人暮らしにはあまり向かない物件にだ。つまり北海道にもまだ家はあって、本当はそのまま残る手筈《てはず》だったんだろう。

窓の外を見つめる吟の背中がいつも以上に小さく見えた。さっきまであんなに饒舌《じょうぜつ》だったのに何も語らない。しかしその態度がかえって吟の転校には深刻な事情があったと語っているようだった。俺なんかが軽々しく尋ねてはいけないような何かが。

吟が楽しげに両親の話をする場面は何度か見てきた。家庭内で辛《つら》いことが起こったというわけではなさそうな気がする。だとすれば前の学校で何かが起きて、環境を変えたくなったということか？

ひょっとして俺のように、学校にいづらくなるような何かが……？

「ねぇ、私たちのお家はどっち？」

「え？」

吟は何事もなかったように会話を再開した。……勝手にあれこれと憶測を立てるのは失礼だったな。言わないってことは知られたくないってことだ。俺は焦《あせ》りながらも元の雰囲気に戻るよう努めた。

「北西だから左の方かな」

「……あ！　ホントだ！　あれサンシャインだよ！」

俺は池袋《いけぶくろ》方面を指差しながら家や学校の位置関係を説明する。きっと質問攻めに合うと予想していたので、都内の目立つ建造物はあらかた予習済みだ。

「結構電車乗ったのに家のあたりまで見えるんだね。これってどれくらい先まで見えてるのかな？」

……おっと、その質問は想定していなかった。どうする？　えっと、地球の半径は何かの本で読んだから――、

「視点と地平線と地球の中心で直角三角形を作って三平方の定理でいけるか。この高さだと地平線までは……五十六キロくらいだな」

正確には地球は球面だから直線距離ではなく弧の長さを求めた方がいいのかもしれないが、説明がややこしくなるから大体でいいだろう。吟の疑問に即座に解答を用意するのが

俺の使命。どうにか乗り切った俺は心の中でガッツポーズを決めた。

――――だが、吟《うた》はむしろ戸惑っていた。

「いいいい今一瞬で計算したのっ⁉」

目を白黒させて驚愕《きょうがく》している。全然喜んで貰《もら》えているようには見えないぞ。むしろ鬼で構成された山賊団に出くわしたみたいな途方もない恐怖を滲《にじ》ませている。ヤバい、何でだ⁉

「頭良《い》いって噂《うわさ》は聞いてたけど、本当にすごいんだね！」

「いや、これくらいは別に……」

「謙遜するとこじゃないでしょ……。私じゃ計算方法も思いつかないし、あの公式ってことは二乗とかルートとか出てきたんじゃない……？　え？　暗算で⁉」

そんなに驚かなくても、ただ六三七八・二五の二乗から六三七八の二乗を引いた値の平方根を暗算で求めただけじゃないか。式を変形すれば実際にはもっとシンプルだし、面倒くさがらなければ解けそうだが……。

「あれ、じんじん困ってる……。まさか本当に謙遜のおつもりはないと？」

俺は恐る恐る首を縦に振った。

「た、確かに今のは人よりちょっと早かったかもしれないけど、俺暗算術みたいな本を読んだことがあるんだ。コツを覚えれば誰でもすぐできるようになるし、吟がたままそれを知らなかっただけで……」

「また本だ……」

吟はそれだけ呟《つぶや》いて、しばらく何やら思案を巡らせていた。

「……お料理のときもこんな感じだったよね？　全国のシェフが裸足《はだし》で逃げ出すご飯を作って私がびっくりしてるのに『え……!?　これが普通じゃないの……!?』とでも言いたげな顔を……」

「だ、だって普通だろ？」

「お芝居のときもそうだったもん。私はあんなにグズグズだったのに」

「いや、あれも別に……」

絶対吟が大袈裟《おおげさ》なだけだ。吟のリアクションが派手なのは何度も見ているしな。

俺が口篭《くちご》っていると、吟が突然目を見開いた。「ピン！」という音が聞こえてきそうなくらいわかりやすく何かを思いついて、俺にしたり顔を向けて提案する。

「……ねえ、例のゲームセンター行ってみない？」

「え？　まだ展望台に来たばっかりじゃないか」

吟の好奇心はもう次の何かを見つめているようだった。

「ちょっと気になることがあるのです！」

＊＊＊

「ちょっとどころじゃなく気になるものがあり過ぎる……！」

吟《うた》はもう、涙目だった。処理しきれない情報の洪水に晒《さら》されてただ立ち尽くしている。

東京タワーが誇るＶＲ中心の最新ゲームセンター。吟の得意なことを探すという本来の目的を果たせる場所だ。

映画で見るような近未来風の機械の数々に俺も心が躍った。ただ俺の感想なんてこの世で一番どうでもいいのだ。優先すべきは展望デッキをあっという間に立ち去ってしまったほど吟を駆り立てた「気になること」の方。

「それで、ここで何をしたいんだ？」

「あ、そうだった。あのね、じんじんも私と一緒にゲームやらない？」

「俺も……？」

必要な場面以外では見守っているだけのつもりだったんだが……。ゴーグルをつけた吟がうっかり転んでしまわぬように。

「私考えたの。じんじんって良《い》いところがいっぱいあるじゃん？」

「え？　ないけど」

「あるの！　そこ否定されたら話進まない！」

何故《なぜ》かキツめに叱られたのでひとまず反省したフリをしておいた。ないと思うんだけどな。吟に褒められるのは卒倒しそうなほど嬉《うれ》しいけど、全部過大評価だ。

「だけどじんじんは全然自覚がないみたいなの。だからね、他にもじんじんが気づいていないだけで得意なことがあるんじゃないかなって思ったんだ」

「……それが気になること？」

「うん。景色より楽しそうでしょ？」

あ、あれだけ熱望していた展望台より俺のことを――!?

体の奥底からとめどなく高揚感が溢《あふ》れてくる。吟が望むのであれば何だってやろうじゃないか。正直期待には添えない予感がするが、せめて俺がみっともなくのたうち回る様で笑ってもらおう。

「全部やる。全部だ！」

「おぉ、張り切ってくれたねじんじん！　私も負けないよ！」

片っ端から試そう。吟の海探し兼、おそらくないであろう俺の長所探しが開幕する。

「あっ、あれがやりたい！　ゾンビが怖いやつ！」

吟が最初に目をつけたのはＶＲシューティングゲーム。ゾンビが蔓延《はびこ》るおどろおどろしい雰囲気の洋館から脱出を目指すというストーリーだ。

「私って実は鉄砲の天才なのかもしれないし。猟師さんになれちゃうかも」

吟《うた》はすでに輝かしい未来の自分に想《おも》いを馳《は》せてキラキラオーラを放っていた。実現すればいいなと心底思う。あとは俺に獲物の才能があればより良し。

吟は颯爽《さっそう》とゴーグルを装着。俺はその隙に小銭を投入し、お金がかかることを吟に忘れさせるくらいエキサイティングなゲームであることを願う。

俺も装備を整えると目の前の光景が描き変わっていく。

「わ、わ〰〰〰！　世界が！　世界が変わっちゃったよじんじん！」

隣から制作者が聞いたら感涙しそうな反応が聞こえる。しかし顔を向けてみるとそこには吟ではなくやたらとセクシーなタンクトップを着た外国人女性の姿があった。この世界の中の吟の姿だ。そして俺のキャラは、

「じんじんがダンディーになってる！」

と、いうことらしい。これが仮想世界か。うわ、普通に楽しくなってきたぞ。

眼前の空中にウィンドウが現れ、ストーリーと操作の説明が流れ始める。コントローラーは物理的にはトリガーといくつかのボタンがついた簡易的なものだったが、この世界の中では拳銃の姿になっていた。どうやらボタンひとつで他の銃にも変更できるようだ。

「弾は味方にも当たっちゃうみたい！　多分撃っちゃうからごめんねじんじん！」

吟は数々の説明の中から自分がやらかしそうな部分に着目し、先手を打ってきた。

「俺は気にしないけど、ちょっと練習しておこうか。あれ撃ってみてくれ」

俺は空中に漂う「ＳＴＡＲＴ」という文字に腕を伸ばす。これを撃ち抜けばいよいよゲームがスタートするようだ。

「やってみる！　……えいっ！」

外した。

「えいっ！」

外した。

「……ああもうっ！」

結局吟は目標に数歩近づいていき、わずか三十センチほどの距離でようやく命中させた。

タンクトップのお姉さんがこちらを向き、無表情のまま俯《うつむ》く。

「じんじん、私の方はもう結論が出ちゃってるような……」

「ま、まだわからないぞ。慣れたらすごいかも……」

先が思いやられる幕開け。しかしまだ始まったばかりだと前向きに受け取ろう。

俺たちは洋館の一階玄関ホールにいるらしい。幅二十メートルはありそうな巨大な空間。ところどころに蜘蛛《くも》の巣が張っていて、ゾンビがいなくてもすでに充分不気味だ。

「まずは操作と装備を確認しとこうか」

ゾンビが出てくる前にこの世界に馴染《なじ》んでおきたい。俺は武器を切り替えて種類と残弾数を把握していく。

「ねえ、ここって玄関なんだよね？　外に出ちゃえば終わりじゃん！」

「え!?」

吟《うた》は俺のような悠長な遊び方は選ばなかった。制止もできないまま勢いよく玄関ドアへと駆けて行く。

「ま、待ってくれ吟！　絶対罠《わな》だろこんなの！」

そんなあっさり終わるようではゲームとして成り立たない。しかし流石《さすが》はファーストペンギン様だ。危険を顧みず飛び込んでしまう。

――――案の定、である。

ドアを挟むように置かれていた二つのクローゼットから、勢いよくゾンビが飛び出す。

「おわ～～～～～～っ！」

吟の素っ頓狂な叫び。だから言ったのに！

右斜め前と左斜め前から同時に襲われ、迎撃する余裕なんてなさそうだった。このままでは早くもゲームオーバーだ。

俺が助けなくては……えっと、最適な銃は――これだ！　コルト・ガバメント！　何かの本で読んだ。連射できるし威力も申し分ないはずだ。

俺は急いで銃口を向ける。だがすぐにたじろいだ。二体のゾンビはどちらも半身が吟と重なっている。

この銃は、味方にも当たる。

クソ、それでも撃たないわけにはいかない。狙え。一瞬でも早く、正確に。醜悪なゾンビたちめ。お前らが狙っているのは俺の命の恩人だぞ……！

「寒空に霜の降る如《ごと》く……」

何かの本で読んだ射撃のコツをおまじないみたいに呟《つぶや》いて、俺は引き金を引いた。現実と錯覚してしまいそうな轟音《ごうおん》と共に弾が放たれる。

二発の銃弾は吟の首から左右わずか数センチ横を通過して――。

「ゴオォアァアアアアアっ……！」

――ゾンビたちの眉間を通り抜けていった。

崩れ落ちた二体は闇の粒子となって霧散していく。俺は肺が飛び出しそうな勢いでため息をついた。色んな意味で危ないところだった。

「吟！」

俺は吟の元へ駆け寄っていく。吟はその場でぺたんとへたり込み、両手で顔を覆っていた。……よっぽど堪《こた》えたんだな。

「吟、もう大丈夫だよ」

「う～……、本気で怖くて全然可愛《かわい》くないタイプの悲鳴を上げちゃったよぉ……」

「そこか……!?」

予想もしないショックを受けていたが、案外余裕がありそうで何より。吟《うた》は「怖い」という体験すら楽しんだのかもしれない。

「助けてくれてありがとじんじん……。カッコよかったよ」

「!?」

下賤《げせん》の民にかけるにはあまりに刺激的過ぎるお言葉……!　「お戯れが過ぎます姫!」と諫言《かんげん》する配下が控えていてくれないと俺が図に乗ってしまうぞ!　者ども出合え!

「っていうかじんじん、あそこから私を避けてゾンビに当てたの?　二匹ほぼ同時に一瞬で?　射撃のプロなの?」

「偶然だよ。たまたま本で読んだ知識が生きたんだ」

「知識でどうにかなるもの……?」

「助けられて良かった……。心底焦《あせ》ったんだからな……」

俺を過剰に褒《ほ》め称《たた》えていないで気を引き締めてほしい。この調子じゃすぐにまたピンチになるぞ。次はきっと都合よく守りきれない。

「やっぱりじんじんにはまだ得意なことがあったんだ。しかもまた自覚がないし、自分じゃ絶対認めないし……」

吟は考え込むようにブツブツと呟《つぶや》いていた。

「その話は後にしよう。今はゲームに集中だ」

「あ、そうだね。よ〜し……、絶対クリアしよう！　もう勝手な行動はしないから安心して！　ここからは二人で脱出を目指――」

――吟はその一分後に勝手な行動をして死んだ。ドアがあればとりあえず開けちゃうという好奇心の強さと警戒心のなさが完全に災いした格好だ。一方俺は単身洋館を探索していき、不思議と銃が的確にゾンビに命中し続け、各種の謎解き要素はたまたま解け、ラスボスの巨大蛇ゾンビもなんか倒せた。

「めでたいような悲しいような気分です……！」

ゲーム後吟は宣言通り顔の右側で俺を称賛し、左側で自分の不甲斐《ふがい》なさを嘆いていた。

「こ、このゲームは吟の性格と嚙《か》み合《あ》わせが悪かったな」

ゾンビが蔓延《はびこ》る空間なんてピリピリ警戒してなんぼじゃないか。始める前に俺が気づくべきだった。

「私のことはまあこんな予感がしてたからさ、一旦置いておこ。今はじんじんの謎について考えていきたいです」

「俺の……謎？」

「とにかく全部のゲームやってみてほしいの。多分何やっても上手だから！」

吟は意味深な言葉に解説を添えてくれず、俺を他のゲームへと引っ張っていく。何をやっても上手《うま》くいくような人間なら学校の底辺に定住するようなハメには至らないと思うんだけどな……。

宣言通り、吟《うた》は有無も言わさず俺を全てのゲームに挑ませていく。

「スノボ！」

何かの本で読んだな。――あ、ハイスコア。

「バスケ！」

何かの本で読んだな。――あ、入った。

「レース！」

何かの本で読んだな。――あ、ベストタイム。

……などなど。気分は実験動物だ。まあ、確かに、全部上手《うま》くいきはしたんだが……、
多分吟に良《い》いところを見せようと頑張って実力以上のものが出ただけだ。

「こ、怖い……っっ！」

しかも肝心な吟の評価がこんなだから全然報われない。

「じんじんって才能の泉……？」

「いやいや、ちょっと本で読んだだけなんだって」

「や、やっぱりそれが出た！」

吟は心底動揺しているようだった。まるでバケモノを見るように俺を上から下まで観察
している。普段学校の連中から受けているモンスター扱いと違うのは、吟は視線に尊敬の

HIGH SCORE
NO.1
HIGH SCORE

念を込めてくれていること。

「じんじんは今まで色んな本を読んできたんだよね？」

「え？　ああ、それしかすることなかったからな」

「お家の本棚を見る限りジャンルも豊富だったよね？」

「そうだな。古本屋って品揃《しなぞろ》えはそんなに良くないから、興味のある本だけ選んでてもすぐに限界が来てな」

吟《うた》は名探偵よろしく真剣な面持ちでしばし考え込んだ。しかし発表した推理は荒唐無稽なものだった。

「多分じんじんは本で読んだ知識をすぐに完璧に実践できちゃう能力者なんだよ」

「の、能力者って……」

大袈裟《おおげさ》過ぎていよいよ漫画みたいな領域にまで届いているじゃないか。

「他の人と自分を比べる機会がなかったから気づき辛《づら》かったんだね。普通は本を読んだくらいでこんなにホイホイ何でもできないんだよ。わ、私が証明したようにね！」

吟の成績は……まあ、可愛《かわい》かったな確かに。何事にも物おじせず気になったことはすぐ試してしまうという性格が迂闊《うかつ》なミスを誘発する場面を何度も見た。吟曰《いわ》く「何をやっても下手」なのは、スペック由来ではなく性格由来な部分が大きいのかもしれない。

「吟ももうちょっとだけ慎重に取り組んだら上手《うま》くいってたよ。他の人だってきっと俺なんかよりすごいって」

「あぁ……。じんじんは苦難の日々を経て自己肯定感がオシャカになっちゃったんだね。自分がすごいって事実を受け入れられないんだ……」

吟は捨て猫を撫《な》でるような憐《あわ》れみの目を向けながら、「私がとびっきり褒めて育ててあげないと」と小さく呟《つぶや》いていた。

「仮にそんなすごい人間なら高校入る前に気づきそうなもんだが……」

「読書にハマったのは熱帯魚事件のあとなんでしょ？」

「……」

確かに筋は通るのだが――いや、それでもやっぱりあり得ない話だ。吟の妄想を信じるなら俺はまるで万能の天才みたいじゃないか。話半分に聞いておこう。

「今日は私が上手なことを探すって話だったのに、じんじんばっかりズルい……」

「あっ……！」

俺メチャクチャ余計なことをしてしまったのでは？　何も上手にできないと悩んでいる子の真横で好成績を取り続けるなんて愚行オブ愚行だろ。あまり凹《へこ》ませていないといいんだが――、

「でも、これは収穫だね！」

「え？」

吟《うた》は一片の陰りもないダイヤモンドダストのような笑みを浮かべて、胸を張っていた。

「これからもじんじんが手伝ってくれるなら百人力じゃん！　私がダメだったら先生になってね！」

……吟こそ、本当にすごい人だ。

吟は現状を嘆いたりしない。人間を、状況を、世界を、いつだって前向きに捉えることができる。だから何にだって関わってみたいと思えるんだ。

「わ、わかった。俺ができそうなことは教えるよ」

俺も少しは見習ってみよう。突然自分が能力者だの言われても今は信じられないし受け入れられないけど、もし本当にそうだったらと前向きに考えたら……。

「吟はシャチの件で困ってる俺に対してペンギンでいてくれる。だったら俺は何もできないって困ってる吟に対して何でも教えられる存在になりたい」

俺が本物なら、俺たちは互いに求めているものを提供し合える。シャチとペンギンは仲良し計画が双方に利益のある完成形になるんだ。だったら自信がないなんて言っている場合じゃない。

俺は吟のために、万能の天才になる。……いや、無茶《むちゃ》すぎるけど――、

「それではじんじん先生、ご指導よろしくお願いします！」

手をペンギンのフリッパーのような形にして敬礼する吟を前にして、俺はもう引き下が

るわけにはいかないのだった。

吟のために必要になりそうな知識は全て身につけておこう。勉強でも音楽でも絵でもスポーツでも何でもいい。片っ端から攻めていくんだ。

あ、でもまず子育ての本あたりを読んで迷子にさせない技術がないか確認しておきたい。危なっかしい吟を守るために護身術も必要か？　応急処置とかサバイバル技術なんかもあって損はない。

…………これは忙しくなってきたぞ。

第三章　群れは一団で歩む

東京タワーでの思い出は全て夢だったのではないかと疑ってしまうほど、現実ど真ん中の月曜日。

吟《うた》とはしっかり準備をした上でしか関われないため、結局俺は孤独に過ごすしかできなかった。早いとこ次の作戦を考えないとな。でないと俺はこの厄介な日課から解放されない。

「……まだ十五分か」

放課後、俺はトイレの個室に篭《こも》って他の生徒の下校を待っている。人がたくさんいる所に俺が現れたらパニックになって大惨事だからな。

あと十五分ほど待機すれば人はまばらになるだろう。この時間を利用して吟の役に立ちそうな知識を身につけておこう。昨日速読の本を読んだらできるようになったので、この調子なら毎日トイレで二冊はいけそうだ。

二冊目を鞄《かばん》から取り出そうとしたとき、事件が起こった。

「……あー、仁野《じんの》？　大丈夫か？」

外から聞き覚えのない男子の声。

……え？　今俺を呼んだのか？　誰だ？　俺が入っているとどうしてわかったんだ？

というか、俺だと理解した上で話しかけてきたのか……？

「は、はい？」

疑問が多過ぎて声が裏返る。しかしあちらは平然と、シャチとの対話を続けた。

「いや、ずっと出てこねぇじゃん。具合悪《わり》ぃんか？」

「そういうわけでは……。あっ、もしかして空くの待ってましたか!?」

「トイレじゃなくてお前を待ってたんだよ。声かけようと思ったら立てこもりやがって」

何が起きているのか理解できなかった。なぜ俺なんかにわざわざ……？

「そこで何してんだよ仁野？　悪ぃことでも企《たくら》んでんじゃねぇだろうな？」

「ち、違いますよ！　俺は——」

俺は潔白を証明したくて本当のことを言ってしまう。

「俺がいるとみんな怯《おび》えてしまうので帰る時間をズラしているんです。俺から逃げて転んだりとか、将棋倒しになったりとか、事故が起きてしまったら申し訳ないので……」

謎の男は数秒間を置いて、大声で笑い出した。

「ハハッ！　マジで言ってんの!?　やっぱ思った通りじゃねぇか！」

ウケてないで説明してほしい。誰なんだ？　何が目的なんだ？

「出てこいよ。オレは錦木蓮也《にしきぎれんや》。お前と同じクラスだ、敬語はいい。あと、オレはお前にビビってねぇ」

俺に――――ビビってない……!?

俺は慌てて荷物をまとめてドアを開けた。

そこに立っていたのは金髪とピアスの男子。ワイシャツのボタンは三つも空いていて、インナーの赤いTシャツが目立っている。この学校では珍しくちょっとアウトローな雰囲気を醸し出しているので見覚えはあった。確かに同じクラスの生徒だ。

「よっ。よろしくな。蓮也《れんや》でいいぜ」

簡潔で、しかし友好的な自己紹介。差し出された右手を恐る恐る握り返すと、蓮也は余裕たっぷりに口角を上げた。

「仁野《じんの》。お前よ、本当は良《い》い奴《やつ》なんだろ？」

「え？」

「一年のときから噂《うわさ》は聞いてっけどよ、いくら何でも馬鹿げてんなと思ってたんだ。同じクラスになって実物を観察してみりゃ、ペンギンみてぇな子と楽しそうに飯食ってるじゃねえか。ほのぼのしてたぜ、あの光景は」

これは、まさか……。

シャチとペンギンは仲良し計画に、成果が出てきたのか……!?

「ほ、本当に怖がらないでくれるのか……？」

「だからそう言ってんだろ？　まあ熱帯魚事件の真相は気になるけどよ」

「熱帯魚を死なせた真犯人を庇《かば》おうとして、水槽に加工したらこんなことに……」

「な、なんて可哀想《かわいそう》なお人好《ひとよ》しなんだ」

……あっさりだ。あっさり信じてくれた。俺一人ではいくらもがいても噂を悪化させることしかできなかったというのに、吟《うた》の力を借りた途端こんなにも容易《たやす》く……。すごいよ吟！　あの計画は成功しているんだ！

「噂のこと聞きたくてお前を待ってたんだ。オレの勘は当たってたってわけか。あ、そんだけだからじゃあな――」

「待ってくれ！！！」

俺は肺の中の空気を全部使って叫んだ。

「蓮也！　そ、その、と、友達《ともだち》になってくれ……！　俺あの噂のせいで誰とも……」

必死だった。自分でも目が血走っているのが分かる。でもこのチャンスを逃すわけにはいかないんだ。

蓮也は細く整えられた眉毛を思いっきり歪《ゆが》ませて戸惑っていた。まるで未知の生物と遭遇してしまったかのような反応だ。

「純粋っつーか素朴っつーか……。仁野、そういうのは言わなくても自然となるもんだぜ？」

どうやら俺の距離の詰め方は相当変だったらしい。クソ、人との付き合い方を完全に忘れてしまった。でももうゴリ押しするしかあるまい。

「じゃあもうなったってことでいいか!?」

「わ、わーったよ！　ダチになった！」

よし、言質《げんち》を取った。我ながら強引過ぎた自覚はあるので、帰ったら早速正しい友達付《ともだちづ》き合いを本で学んでおこう。

——友達。友達ができたのか。

吟《うた》への感謝の気持ちが湧いてきて体が破裂しそうだ。あの子と出会ってから全てがひっくり返ったみたいに嬉《うれ》しいことばかり起こるんだ。ご迷惑でなければ俺の基本的人権をいくつか貢がせてもらえないだろうか。日照権くらいなら全然構わない。

「じゃ、一緒に帰っか。オレが人がいないか確認してやるぜ」

「ほ、本当か!?」

蓮也《れんや》もなんて良《い》い奴《やつ》なんだ！　まったく、どうして人間の臓器はどれもこれも二つずつしかないんだ！　三つなきゃ二人にプレゼントできないじゃないか！

俺は蓮也に連れられるまま恐る恐るトイレを出て、肩を並べて廊下を進んでいく。信じられない。まるで普通の高校生みたいじゃないか。一生忘れないつもりで噛《か》み締《し》めておこう！

せっかくなら何か話したいと思い話題を探していた矢先、蓮也の方からとんでもないボールが飛んできた。

「で、羽柴《はしば》さんとは付き合ってんのか？」

「ちち違う！」

滅相もない！　吟が天使なら俺はドブクズ！　釣り合うはずがないだろ！

俺はシャチとペンギンは仲良し作戦について説明した。吟はただ俺を憐《あわ》れに感じて何の得もないのに救いの手を差し伸べてくれた慈悲深い天使なだけであって、俺のような穢《けが》れた魂に好意を向けるようなステージにはおられないお方なのだ。

一通り聞いたあと、蓮也は感心したように何度も頷《うなず》いていた。

「……なるほどな。オレはまんまとハメられちまったってわけか」

あの計画には効果があると蓮也が体現してくれている。吟もきっと喜んでくれるんじゃないだろうか。

「あ、そうだ！　吟に蓮也のこと報告していいか？」

「おう。しろしろ」

俺は言いながらすでに携帯を取り出していた。インストールしたっきり埃《ほこり》をかぶっているメッセージアプリを開き、事の顛末《てんまつ》を打ち込んでいく。送信したあとにいくつもの誤字脱字に気づいたが、そんなことはどうだっていい。とにかく早く知ってほしかった。

「……付き合ってはねぇけど大好きってとこか。なるほどな」

隣で蓮也《れんや》がボソリと、聞き捨てならない言葉を呟《つぶや》く。

「わ、わかるか……？」

突然のことに俺は否定の言葉を脳からロードすることもできず、みっともなく汗をかいて尋ねるしかできなかった。蓮也はニマニマと笑い出し、追撃をかます。

「顔に書いてある程度じゃ済まねぇな。

「うっ……。いや、でもどうせ隠しきれないから言う。そうなんだ、俺吟《うた》のことすごい好きなんだ」

「素直かよ」

蓮也はちょっと呆《あき》れながらも、ドン引きしたり非難したりはしなかった。それで充分ありがたい。俺には恋愛感情を持つ資格なんてないというのに。

「でも吟と付き合いたいとか思ってるわけじゃないんだ。こんな学校中の嫌われ者じゃ本当は横にいるだけで迷惑なんだし、一生封印するつもりでいる」

「いや、本人にもバレバレなんじゃねぇか？　よっぽど鈍感じゃねぇとよ」

「鈍感どころか、まだ恋愛ってアプリがインストールされてない感じだ」

「おぉ……。そりゃ苦労すんな」

いや、アプローチする予定はないので苦労もない。むしろラッキーだ。悪い男が寄ってきても全員薙《な》ぎ倒せるくらいの全身武器人間に育て上げるまでダウンロードは待っていてほしい。

「……仁野《じんの》、そんなに自分を卑下しなくていいんじゃねぇか？　お前本当はまともな奴《やつ》なんだし」

「誰も俺をまともだなんて思ってないよ。そんな奴の好意なんて迷惑しかかけない」

「オレは応援するぜ？」

「されても無理だ」

「…………そうかよ」

蓮也はそれきり何故《なぜ》か不機嫌そうに黙りこくってしまった。何かマズいことを言ってしまったんだろうか……？　せっかくできた友達《ともだち》をいきなり失ってしまったのか……？

しかし昇降口付近にたどり着くと、蓮也は何事もなかったかのように混雑具合を確認する偵察係を務めてくれた。

「一人いんな。……この時間ならそりゃそうか。まあアイツなら平気かもな」

蓮也は謎めいた言葉を放ち、そのまま遠慮なく下駄箱《げたばこ》に進んで行った。俺は不安になりながらもついて行くしかなかった。

すると蓮也が「アイツ」と評した人物が俺たちに気づき、――――奇妙な表情で近づいてきた。何だ？「恐る恐る」という下地に「喧嘩腰《けんかごし》」を無理やり貼り付けたような、とにかく違和感のある顔だった。

「よ、ヨォ蓮也《れんや》！　今日はケンカでもすんのか？　ぼ、僕も――」

「オレはそういうのはやってねぇよ。お前もそうだろ調子乗んな」

蓮也はまるで会話を打ち切ろうとするかのように荒っぽい受け答えをした。アイツ君は一瞬躊躇《ちゆうちよ》しながらも、抗議するように少し甲高い声を張る。

「ぼぼぼ僕はケンカなんて毎日のようにしてるんだ！　あんまり僕をなめる――」

アイツ君はまたしても言いたいことを言い切れなかった。途中で俺と目が合ってしまったからだ。

「しゃ、シャチ……!?」

まさか蓮也の後ろに控えているのが俺だとは思いもよらなかったらしい。アイツ君は即座に全力ダッシュで逃げていってしまった。申し訳ないことにびったんバッタンと何度もすっ転んでいた。背中に「命だけはお助けを」という文字を背負っているかのような必死の逃走劇だ。

「なんだ、結局ビビリじゃねえか」

蓮也が半笑いで言い捨てる。……何だったんだ彼は？　今のやりとりはどういうことなんだ？

「友達《ともだち》なのか？」

「あー……どうだかな。話しかけられはする。多分『ガラの悪い奴《やつ》にもビビってねぇぞ』

ってアピールにオレを使ってんだろうな」

「……？」

全然説明になっていない説明に俺は小首を傾《かし》げた。

「あれ、梅本《うめもと》のこと知らねえの？　この学校じゃお前とあの芸能人に次ぐ有名人だぜ？」

俺はみんなが当然のように知っていることも知らないのか……と、あからさまにしょんぼり顔をしていると蓮也は丁寧に解説してくれた。

「ここ一応自称進学校でヤンキーとかいねぇだろ？」

「え？　ああ」

「でもアイツはヤンキーに憧れがあるらしく、『僕はヤンキーだ！』、『この学校の番長だ！』とか言い張ってんだ。なのに別に悪さするわけでもなく見た目も弱そうだからみんなリアクションに困ってる。今じゃ『自称進学校の自称ヤンキー』の愛称で腫れ物扱いされてるぜ」

な、なんて不憫《ふびん》なんだ。これは――――、

「メチャクチャ親近感が湧いてきた……！」

完全に同類だろ俺と！　すごい逸材だ！

可哀想《かわいそう》だがセルフプロデュースに大失敗してしまったんだな。正直俺の目から見てもヤンキーにはさっぱり見えない。そうなるとこの学校の奴らは怖いよな。変なラベルを貼って好き放題言ってくるんだ。わかるよ梅本君《うめもと》！

「か、彼とも友達《ともだち》になれないかな！」

プロフィールを聞いただけで親友のように思えてきた。いっそ抱きしめてあげたいくらいだ。梅本君、いつか話そう。妙なあだ名を付けられた者同士でこの痛みを共有しようじゃないか！

「仁野《じんの》がアイツでいいなら、まあアリかもな。アイツみたいなはぐれ者から捕まえてくのが良《い》い戦略だと思うぜ」

「な、なるほど！」

「でもアイツ相当怯《おび》えてたぜ……？　普段オレと話すときも必死で堪《こら》えてる感じだけど、やっぱ仁野相手だとレベルが違《ちげ》ぇわ」

「う……」

確かに尋常じゃなかったな。人に避けられるのはいつものこととはいえ、あそこまでの反応は珍しい。

「あ、もしかしてオレとお前のセットだからより怖《こえ》ぇのか？　ヤバそうな奴《やつ》らが手を組んじまった～って感じに見えてんのかも」

「え……？」

確かに蓮也《れんや》は威圧感があるし、身長だって俺並みにデカい。この学校の生徒たちが誇る豊かな想像力を以《も》ってすれば、下手すりゃ俺たちは「シャチとサメ」と評されそうだ。

「羽柴《はしば》さんとの計画邪魔しちゃ悪《わり》ぃし、やっぱオレらあんま絡まないようにしとくか？」

「そんな！　せっかくできた友達なのに……！」

「そんな悲しそうな目すんなよ。元々オレ学校あんま来てねぇから絡む機会そんなねぇと思うし」

「来てくれ！　俺休み時間に友達と雑談したり一緒に教室移動したりするのが夢だったんだ！」

「聞けば聞くほどかわいそうな奴だな……。でもしょうがねぇだろ？」

残念だが多分蓮也が正しい。吟《うた》とは真逆で、蓮也との交流はシャチの凶暴性を増長する結果になりうる。それに何より蓮也にまで悪評が及ぶのは絶対に避けるべきだ。……だけど、クソ、何とかならないのか!?

――俺が頭を抱えていると、ふいにポケットの中で携帯が振動した。

「吟だ。……『今すぐ紹介して！』って言ってる。駅前の方にいるらしい」

「おー、じゃあ行こうぜ」

「え？」

今まさにあまり絡まないようにと決めたところでは……？

「学校の外なら関係ねぇだろ。そんでもっかい言うけど俺はあんま学校に来てねぇ。……

お前にとっちゃチャンスがいっぱいあるってことだ」

蓮也《れんや》はしたり顔で告げると、校門からちょっと離れた場所で再集合しようと提案して先に行ってしまった。俺のことはいいから学校はなるべく来た方がいいんじゃないかと言う暇もなかった。

錦木《にしきぎ》蓮也。サバサバした奴《やつ》だ。吟《うた》のおかげでできた、俺の一人目の男友達《ともだち》。

……校外限定って注釈はつくけどな。

＊＊＊

吟に指定された場所は学校の最寄駅に近いカフェ。

「あ、じんじん！　こっちこっち！」

奥の席で吟が立ち上がって手を振る。……一瞬誰かと思った。吟は黒縁の大きなメガネをかけていた。俺が蓮也を引き連れて接近すると、吟はメガネの存在を強調するようにわざとらしくつるをクイッと上げた。

「勉強してたの。まずは形から入ってみました。伊達《だて》だけどね」

生まれ変わったら吟のメガネの汚れを拭く布になりたい。俺は本気でそう思った。その布を使い古してしまった際に放り込むゴミ箱でも構わない。

「えへへ～、カフェで勉強って憧れだったんだ～。前住んでたとこはね、何屋さんかわかんない小《ち》っちゃいご飯屋さんが一つあるだけだったの」

東京を満喫しているようで何よりだ。気合が入っていたのか高校生が集まるような価格帯の店ではないので、他の生徒に目撃される心配はしなくても済みそうだ。

「じんじん、後ろの人が噂《うわさ》の……？」

吟はまたメガネに手を当てて蓮也をじっくりと観察した。

「よろしく。錦木蓮也ってんだ」

「じゃあれんれんだね」

「れ……!?　あー……じゃあ、吟ちゃんで」

蓮也は吟の流石《さすが》すぎる距離の詰めっぷりに戸惑っていた。しかし即座にお返しをできているあたり、蓮也は俺の百倍はコミュニケーション能力がありそうだ。やっぱすごいんだな、学校に友達がいる人って。

「聞いたぜ？　二人の計画のこと。上手《うま》く行ってるぜ」

蓮也は俺がその証拠だとばかりに胸の辺りをパンパンと叩《たた》く。すると吟は鳥類が羽をフワーっと膨らませるみたいに全身を歓喜で満たしていく。

「良かったねぇじんじん！　やっとじんじんをちゃんと見てくれる人が現れたんだねぇ……。本当に良かったよぉ……」

しみじみとした声音で紡がれるその言葉は、心の底から絞り出されたような切実さを帯びていた。目には薄《うつす》らと涙を浮かべて、ちょっと過剰に見えるくらい感激している。

「全部吟《うた》のおかげだよ。ありがとう」

俺なんかのためにこれほど喜んでくれるなんて、一体どこまで天使なんだ。俺だって元々心がはち切れそうなくらい嬉《うれ》しかったのに、吟がそれを何倍にも増幅してくれた。

「れんれん、もうわかったと思うけどじんじんはとっても良《い》い子です。どうぞ今後とも仲良く……」

「ハハッ！　吟ちゃんこそ引き続き仁野《じんの》を頼むぜ」

すごい！　俺の味方が複数人いて、会話をしている！　これ写真に収めたら失礼なのか？

まあ一言許しを乞えばいいか。早速携帯を――って、そうだ！　先にやることがある！

「蓮也《れんや》！　連絡先を教えてくれ！　友達《ともだち》だから！」

「お、おう。お前グイグイくんな。用もないのに電話とかしてくんなよ、ダリィから」

「わ、わかった！　じゃあ蓮也が困ってそうなときだけにする！　逆に俺が困ってそうなときは電話くれ！　約束だからな！」

「あーもう、わーったよ！　どんだけ寂しかったんだよ今まで!?」

俺にとっては命に関わることなのに、蓮也はものすごく面倒くさそうに携帯を差し出すだけだった。吟がキャッキャと笑って見ているのも解《げ》せない。俺は真剣なんだからな!?

「吟ちゃん、早いとここいつをもっと引き上げてやってくれ。早速次の友達候補を見つけて張り切ってっしな」

おっと、そうだった。早速吟に報告だ。

「梅本《うめもと》君って人なんだ。俺みたいに変なあだ名をつけられて孤立しちゃってるみたいで、きっと仲良くなれると思って」

「おぉ、貪欲だねじんじん。その意気だよ」

彼が「自称進学校の自称ヤンキー」というういくらなんでも酷《ひど》すぎる肩書きにどれだけ傷ついているか。同じ痛みを知る者としてぜひ結託させていただきたい。

「まだ仁野に死ぬほどビビってるみてぇだけどな。でもまあ今後の作戦次第じゃねぇか？人手が足りなきゃ手伝うぜ」

「て、手伝ってくれるのか!?」

「暇だったらな。面白そうだ」

蓮也はニヤッと口角を上げて、当たり前みたいに言いのけた。俺は本当に幸運な人間だな。どうしてこうも優しい人たちが集まってきてくれるんだろう。今後誰かに「尊敬する人は？」と尋ねられたら二人の名前を気絶するまで叫ぶことにしよう。

協力してくれるというのなら早速聞いてみたいことがある。

「蓮也、クラスの人たちから俺と吟がどう見えてるか聞かせてくれないか？　俺といるせいで吟《うた》まで避けられるんじゃないかと心配で……」

シャチとペンギンは仲良し計画の最大の懸念事項。吟を巻き込むようなことはあってはならないし、俺は常に最大限の注意を払っておくべきだ。

「オレも人とつるむタイプじゃねぇからあんま話は聞いてねぇけど、吟ちゃんがあの『シャチ』と同類だとは誰も思ってねぇはずだぜ？」

「れんれんもっと言ってあげて！　じんじん気にし過ぎなの！」

「いや、待ってくれ吟。同類とまで言わなくても『吟に話しかけたら俺まで寄ってくるかも』とか思われたら――」

「寄ってくればいいじゃんか！　ちょっと話せばじんじんは本当は優しい人だってすぐ気づくもん！」

吟はムスッと口を結んで抗議する。しかしこればっかりは絶対に譲れないので吟の三倍ムスッッッとした顔をお返しした。

そんな平行線の間に、蓮也《れんや》がぬるっと侵入する。

「吟ちゃん、まあ言いてぇことはわかるけどよ、ここは仁野《じんの》の気持ちを汲《く》んでやってくれ。コイツは吟ちゃんのことが大事なんだ」

「そ、その言い方はすごく照れるのですが？」

吟はその言葉とは裏腹に、照れを全力で隠そうとツンとした態度を作って視線を右斜め上に逃した。

……おい！　やめてくれ蓮也！　俺の気持ちがバレたらどうする⁉　しかしどうやって止めればいいかさっぱりだったので、蓮也の目を見つめながら顔にあるパーツを全部めちゃくちゃに動かした。

「あ、あとアレだぜ。仁野に関しては……」

俺の必死さから何かを察したのか、蓮也は話を変えた。

「まだまだ警戒はされてんな。事情を知らねぇ吟ちゃんに近づいてよからぬことを企《たくら》んでるんじゃねぇかって見てる奴《やつ》もいた」

「まあ、まずそっちを疑うよな……」

彼ら風にストーリーを考えると、「シャチは食い殺すターゲットを探しているが周囲にはすでに警戒されているため、転校生の羽柴《はしば》吟を騙《だま》して取り入ろうとしている」って感じだろう。来月辺りには残忍な殺害計画まで詳細に設定されている可能性が高い。

「じゃあさ、そんな誤解はされないように次の作戦を考えようよ！　れんれんも視聴者目線のご指摘をお願いします！」

「んー、それで言うと単に二人が一緒にいるだけじゃ弱《よえ》ぇんじゃねぇかな。保健室の騒動みたいに仁野が吟ちゃんを助けるとインパクトがでけぇ」

「なるほどな……？」

ペンギンを襲って捕食するのではなく手を差し伸べて守る。それは確かにシャチらしからぬ行為だ。

「ってことはじんじんがピンチになった私を救出すればいいんだね！　学校中の人の目の前でヒーローみたいに！」

「吟《うた》がピンチにぃ……？」

俺は無意識に思いっきり顔を歪《ゆが》ませていた。「吟」という言葉に「ピンチ」という言葉がくっつくと全身から危機感と嫌悪感が湧き出てくる。二度と並べないでくれ。

「別にピンチはフリでいいでしょ？『偽装ヒーロー作戦』！　これどう？」

「どうと言われてもな……。それじゃ吟の得意なことを探すっていうもう一個の目的が果たされないし……」

「ん？　何の話だ？」

蓮也《れんや》が尋ねる。そうか、吟の海探しについてはまだ説明していなかった。

「私が何をやってもイマイチなポンコツなので、一緒にいる時間に私の特技を見つけようって話になってるの。じんじんは何でも上手だから先生になってくれそうなのです」

「何でも？　仁野《じんの》ってそんなスゲェ奴《やつ》なんか？」

「本で読んだことをすぐ実践できちゃう能力者なの」

「な、何だそりゃ？」

「いや違うんだ。吟、誤解されるだろ」

「相変わらず認めないねぇ……」

　吟はちょっと面倒くさそうに呟《つぶや》いたあと、何を思ったかペンケースから一本のボールペンを取り出して俺に手渡す。

「じんじん、ペン回してやったことある？」

「ないな。ちょっと本で読んだことはあるけど」

「そのセリフを待ってたよ……っ」

　やれってことか？　無茶《むちゃ》振りすぎるだろ。ペン回しなんてよっぽど練習しないとできるわけがない。……確か「スパイダースピン」って技が難しいんだったな。無様に失敗するところを見せてやるか。

　――あ、できた。

「じんじん！　いい加減自分が天才だってこと受け入れて！」

「マジかよ……！　ウチの学校はこんな才能をみすみす埋もれさせてるってのか!?」

「二人とも大袈裟《おおげさ》だよ！　た、たまたまできただけなんだって！」

　理不尽な賞賛を受けて居心地が悪い。別にペンが親指を回って、曲げた中指と薬指の上で回って、また親指を回って、最終的に手のひらにすっぽり収まることくらい偶然でもありえるだろうに。俺は吟と出会えた世界一のラッキー野郎なんだし。

「仁野《じんの》、それ使えるぜ。吟《うた》ちゃんに何かを教えてあげる姿を見せるってのも、ある意味『助ける』に含まれるんじゃねぇか？」

「……！」

「ほんとだ！　れんれんもすごいよ！」

蓮也《れんや》のおかげで計画がどんどんブラッシュアップされていく。俺は先日の東京タワーで吟に何でも教える先生になると決めたばかり。そして吟とはただ一緒にいるより助けるという姿勢で接した方が効果的であり、教えるという行為は助けるに近しい。……すごいぞ、全部繋《つな》がってきた。

「次は何をやってみる予定だったんだ？　そっから作戦組み立てていけるかもだぜ」

「次はねぇ……、どうしよっか？」

吟が俺の顔色を窺《うかが》ったので、俺はすかさず用意していた答えを発表する。吟が部活で体験していなさそうなものからこれをチョイスした。

「ボルダリングはどうかなって考えてた」

吟には慎重さに欠ける行動を取ってしまうという弱点がある。慎重さは何事にも大事なので正直かなり困ったが、逆に大胆さを活《い》かす方向性を試してみることにした。ボルダリングは行くと決めたら潔く行く思い切りも重要だという。

「や、やってみたい！　え？　どうしよう天才だったら？　エベレストまで行っちゃおうかな……。高校生で登ったら世界初かな!?」

案の定吟はノリノリだ。一瞬で輝かしい未来を想像できるポジティブさもお見事。

「でも、みんなの前でできることじゃないと意味ないんじゃない？　学校の壁を上るわけにはいかないでしょ」

「すげぇピンチにはなれそうじゃねぇか」

「絶対ダメだそんなの！」

屋上からぶら下がって泣いている吟の姿が脳裏に浮かんで卒倒しそうになった。残念ながら「部活でやっていない」は「学校ではできない」に近い。計画には組み込めそうもない。

「……普通に今度学校帰りに行くか。予約しとく。いつがいい？」

「え～ありがと！　じゃあ明日《あした》にしよ！　あ、でも学校にお着替え持っていかないとだよね。明日は新しい教科書をまとめて持って帰ろうと思ってたし、荷物がちょっと大変かも……」

それなら日を改めるかと言いかけたそのとき、

「……仁野、持ってやれよ」

「え？」

「吟ちゃんを助けんだよ」

サラッと放たれた言葉に俺は痺《しび》れた。

一口にピンチと言っても、別に命の危機である必要はない。日常の中のちょっとした困りごとを俺が取り除くだけでいいんだ。ボルダリングは二人で勝手にやればいいとして、その道中荷物持ちをする様を学校の連中に見せればいい。「みんなの前で吟《うた》を助ける」と「吟の得意なことを探す」が両立するってわけだ。

「れんれんも天才⁉」

「吟、本物の才能はあっちだ！」

「それほどか……？　お前ら素直で可愛《かわい》いな」

どうやら俺たちは強力なブレインと出会ったらしい。学校内では決して関わらず、裏から俺たちの計画を支えてくれる影の存在。何だそれ、格好良すぎるぞ。

しかし、蓮也《れんや》の冴《さ》えはこの程度では止まらなかった。

「仁野《じんの》は吟ちゃんと同じタイミングで帰らないといけねぇな。……明日《あした》はトイレに篭《こも》るなよ？」

「……っ‼」

あの日課からも解放される……⁉

＊＊＊

翌日の放課後。

ＨＲを終えて解放された生徒たちは一様に朗らかな表情を浮かべている。部活に行ったり遊びに行ったりと、ようやく自由な時間が始まる。

そんな中、一人だけしかめっ面《つら》で唸《うな》っているのが俺のゴッド・羽柴《はしば》吟様だ。

「お、重い～～……」

シャチとペンギンは仲良し計画の第二作戦・「お荷物お持ちします」。吟のやる気はカバンの大きさに表れていた。ド派手な蛍光ピンクの巨大リュック。見るからに俺の持ち物ではなさそうな吟に似合うシロモノだ。

通りすがる誰もが吟を心配していた。

「羽柴さん大丈夫……？」

「どうしちゃったのその荷物？」

「い、色々ありまして～……」

縛り上げられて吊《つ》るされているような声。無理もない。ＡＩが今の吟をスキャンしたら「人間」ではなく「リュック」と判定しそうだもんな。体積的には吟がおまけだ。せっかく衣装としてカーディガンを導入したというのに、誰もそんなとこ目に入らない。

俺は心の中で吟に感謝を伝える。よくぞそこまで荷物を盛ってくれた。どう見たって誰かが助けないと危険だ——という印象を周囲に刷り込める。

吟《うた》はドシンドシンと一歩ずつ歩みを進め、俺の元へとやってくる。

「じんじん〜、ご、ごめんねなんだけど持つの手伝ってくれない？」

演技力が可愛《かわい》い吟にしては非常に自然にセリフを言えていた。多分、本音なのだ。

「わ、分かった。転んで怪我《けが》しそうだもんな」

俺も演技ではなく本気で心配して、すぐさま吟からリュックを奪い取る。……なんだこれ。女の子には辛《つら》いはずだ。ロッカーに置いていってもいいはずの教科書まで全部放り込んだんだろうな。

「ふぅ〜……！　ありがとね、じんじん。もう生きて帰れないかと思ったよ……」

「いいんだ、任せてくれ。……にしても、随分目立つ色だな」

「ママがね、雪景色の中で迷子になっても見つけやすいようにって買ってくれたの。一度雪に埋まっちゃったら四月まで発見されないような場所だったからさ、ハハハ」

「い、いや全然笑い事じゃないぞそれ」

ご両親の心労、察して余りある。キッズサイズの鎧《よろい》より現実的かつ効果的な迷子対策に俺からも感謝の言葉を贈りたい。

——などと、当たり前みたいに会話を繰り広げるシャチとペンギン。

弛緩《しかん》していた教室の空気が一変する。……わかるぞ。みんなどうせ「今度こそシャチに

よるペンギン殺戮《さつりく》ショーの開演か？」とか「彼女から抜き取った血液は一体何に使うんだ？」とか考えているんだろう。

今回はそんな彼らの声に耳を傾ける必要がなかった。なぜなら今の俺たちには優秀な盗聴係がついているからだ。

何気ない雑談を続けながら吟《うた》がメッセージアプリを開き、さりげなく俺に画面を見せる。

蓮也《れんや》が聞き取った周囲の反応が続々と密告される。

『吟ちゃんが順調に騙《だま》されていて心配』

『シャチに近づいちゃダメって何度言っても聞かない。もう洗脳されているのかも』

『シャチは絶対に何か企《たくら》んでる。このままじゃ吟ちゃんの命が危ない』

……相変わらず酷《ひど》い言われよう。だが悪い反応ばかりではなかった。

『普通に優しい。話している雰囲気も柔らかい。イメージと違った』

『ちょっと微笑《ほほえ》ましく見えてきた。シャチのくせにペンギンは保護するんだ』

『あんな隙だらけの子でも無事で済むなら安全なんじゃないの？』

若干ながら俺への評価が和らいでいる気配がある。吟がペンギンのように屈託なく誰かに寄り付いている姿は、その相手の印象まで良い方向に書き換えてしまう。さらに奇妙にも俺がシャチだったことでその効果は倍増している。シャチとペンギンは仲良し計画というやや安直な名前は案外的確なネーミングだったみたいだ。

そして蓮也の協力によって計画は一気にブラッシュアップされた。

『オレが見たとこ二、三割の奴《やつ》に効いてきてるぜ。この調子でもっと大袈裟《おおげさ》にできねぇか？』

なんとリアルタイムで集計までしてくれ、現状を正確に把握できる。これならより的確な手が打っていけるはずだ。蓮也はもはやなくてはならない存在だな。

吟は携帯を一旦しまい、俺だけにわかるようにしてやったりの顔を見せた。早速蓮也の助言を活《い》かし、もう一段階演出を加えていく。

「ごめんねじんじん、重すぎだよね？　やっぱり悪いよ……」

「平気だよこれくらい。頼ってくれてよかった」

「ありがと。えへへ、じんじんは気は優しくて力持ちって感じだね！」

ちょっと露骨なくらい俺が危険じゃないことをアピール。演技力は多少怪しかったが、流石《さすが》に慣れてきたようでかなり改善されていた。経験を積めばちゃんと上達するんだな。

吟の海探しの方に有益な情報も得られた。

俺と吟はざわめくクラスメイトたちの群れを割って廊下に出る。ここからは少し気を引き締めないといけないポイントだ。

今回の作戦は他のクラスや学年の人たちにも目撃される。吟がペンギンっぽいことを知らない相手には効果があるのか未知数で、単に吟の悪評に繋《つな》がるだけかもしれない。

『五メートル後ろで見てるぜ』

蓮也《れんや》には引き続き周囲の反応を観察してもらっている。吟《うた》を悪く言うような声が聞こえたら即刻中止だ。最悪の場合俺が吟のリュックを奪ったひったくり犯になりきって、吟を単なるシャチの被害者に仕立て上げよう。

緊張感が漂う。だけど俺は胸の奥から湧き出てくる高揚感に抗《あらが》ってもいた。

「じんじん？　何で笑ってるの？」

「え？」

しまった。表情に出ていたみたいだ。

「……嬉《うれ》しいんだ。すごく嬉しい。俺には頼れる友達《ともだち》がいて、並んで帰れる相手がいて、一緒にいると楽しくて……。こんなことちょっと前まで考えられなかった」

「じんじん……」

「しかも、ハハ、今日はトイレにこもらなくてもいいしな。普通にみんなと同じように帰ってる。あんなに苦しかった毎日が変わってきてるんだ」

みんなにとっては当たり前のことしかしていないのかもしれない。だけど俺はその当たり前が喉から手が出そうなほど欲しくて、なのに自分の力ではどうしたって掴《つか》めなかった。

吟は俺を押し潰していた閉塞感を取り払ってくれた。巨大なリュックを抱えていても前より体が軽い。息苦しくない。世界が色鮮やかに見える。嬉しくて、楽しくて、笑いを堪《こら》えるなんてできそうになかった。

「本当にありがとな、吟」

「別に何もしてないでしょ私は。またお礼とか言い出さないでよね。おっきいリュックを持っていいのは今だけだよ」

「そ、そういえば禁止されてたな」

東京タワーへの道中で叱られたことを思い出す。確か禁を破ると吟がリュックにぶら下がるという罰を与えられるという話だった。……いや、よくよく考えたらただのご褒美だな。この大荷物を抱えていてもなお食らいたいと願ってしまうほどだ。

「……それにね、こんなんで満足しちゃ困るよじんじん。私、次の作戦を考えたの」

「次の？」

「あ、でも単に私が助けてほしいことを見つけたってだけなので、お手数おかけしてしまいますが……」

「何でも言ってくれ」

俺のNGリストには「死」すら書かれていない。なんだかんだで早速恩返しの機会を下さるとは何と慈悲深いんだ。

「今日数学の先生が小テストやるって言ってたでしょ？　私数学はちょっと、笑えないくらいの有様でして……。気付かないうちに数学の神様の祠《ほこら》を蹴っ飛ばしちゃったのかも……」

「そ、そんなに苦手なのか？」

「うん。バリバリ解けたらかっこいいなって思うんだけどさ、片思いなんだよね～……」

テストか。なるほど、学生にとってのピンチ代表格みたいなものだ。

窮地に陥った吟《うた》に教えて助ける。「勉強」は学校でできることの筆頭みたいなものだし、周囲に見せるのも難しくない。計画にピタリとハマる。

「わかった。対策を考えよう。問題はどうやって一緒に勉強する状況を作るかだな」

「ねぇ、それはもう気にしなくてよくない？」

「いや、念入りにいこう。……細かいことは一回蓮也《れんや》に相談して決めないか？　良《い》いアドバイスくれそうだ」

「それは確かに！」

第三者の意見は大切にしていきたい。どうやら蓮也は相当できる男だ。頼らせてもらおう。

「あ、れんれんレポート見ておかなきゃ！」

吟は携帯を取り出す。再びグループ画面を開いて、両手が塞がっている俺に見せてくれた。

『通りすがる奴《やつ》みんな驚いてるぜ』

まずは端的に一言。確かにさっきからギョッとした顔で道を譲られてばかりだ。

『吟ちゃんの荷物ってことは伝わってるっぽい。まだリアクションに困ってるって感じで、感想はあんま聞こえてこねぇ』

言われてみれば普段の反応とは違う。いつもなら悲鳴を上げて蜘蛛《くも》の子を散らすように逃げていくだけなのに、今日は「どういうこと!?」とでも言いたげな表情をよく見かける。

『ただ、吟ちゃんのことを悪く言うような声もねぇから仁野《じんの》は安心しろ』

吟が画面を指差して「ほらほら」と言い募る。俺は耳を日曜日にして無視し、話を変える。

「他のクラスの人はちょっと時間かかりそうだな。あんまり見られる機会ないし」

「……じゃあ、やっぱ私が屋上からぶら下がって大騒ぎにする？」

「そ、そりゃみんな見るだろうけど、絶対ダメだからな」

「でも『偽装ヒーロー作戦』が一番効きそうじゃない？　私が全校生徒の前でピンチになって、じんじんが助けてくれて」

「実際ぶら下がったら偽装じゃないだろ！」

吟はやると決めたら勇敢に飛び込んでしまうファーストペンギンだ。無茶《むちゃ》をしないように気にしていないと。大した理由もなく俺を助けようとしている上に命まで張ろうとするのは英傑過ぎやしないか。

「なら他のピンチを考えてみようよ。きっと危なくない方法も――」

吟《うた》が言いかけて固まった。蓮也《れんや》が俺たちを横切って先に行ってしまったからだ。

「れんれんが動き出したね！」

蓮也にはもう一つお願いしていたことがあった。今回の作戦における第一目標・梅本《うめもと》君の確保だ。彼にはぜひ今の俺の姿を目撃してほしかった。

「その梅本君って人とタイミングよく会えるといいね」

「多分大丈夫だって蓮也は言ってた。放課後は毎日昇降口あたりでしゃがみ込んでるらしいんだ」

「え？　どうして？」

「なんか……、帰ってく生徒たちにガンをつけ……ようと試みては俯《うつむ》いてるって」

ヤンキーに謎の憧れを見せる梅本君はヤンキーらしくあろうとしては失敗しているとのことだ。彼も彼なりの理由で毎日すぐに下校できずにいるらしい。そんなところまで俺と同じだ。普段三十分ほどトイレに篭《こも》ってから帰る俺が彼と遭遇したことがないということは、それ以下の時間で心が折れて帰っている計算になる。

「む、向いてないんじゃない？　『無意味に人を睨《にら》むなんて申し訳ない……』って思ってるってことでしょ？」

「そうなんだよな……。聞けば聞くほどヤンキー要素ゼロなんだよ……」

正直言って「自称」ヤンキーと揶揄《やゆ》されても仕方ない行動を取っているように思える。なのに一体何が彼をここまで駆り立てているのか。いずれ聞かせてもらいたいものだ。

ふと、吟が黙りこくって考え込んだ。

「……どうした？」

「う〜ん、えっと、……ちょっと不穏なことを言うんだけど、悪役をやってくれないかなあって」

吟は伏目がちに、少し申し訳なさそうに語る。

「梅本君がヤンキー役でしょ？　私が絡まれてピンチになって、じんじんが助けてくれるっていう流れで『偽装ヒーロー作戦』ができないかなって……」

「なるほど。……でも梅本君に悪いな。騒ぎを起こしたら責任を取らされるのは彼になるだろ？」

「そうなの！　だからやめといた方がいいよね……」

もし彼を仲間に取り込めたらキャストが揃《そろ》う、というわけか。しかし彼が犠牲になってくれればという無茶苦茶《むちゃ》な条件付きだ。

――いや？

ヤンキーになりたいのになりきれず歯痒《はがゆ》い思いをしているであろう梅本君。彼はむしろ、問題を起こしたいのではないか？　遠慮なくヤンキーっぷりを発揮しても相手に迷惑をかけない舞台を用意すれば……？

俺はそんな彼から吟《うた》を救い出し、シャチの汚名をそそぐ。そして彼は本物のヤンキーと認められ、「自称」という望まぬ文言を取り除ける。

もしかして、俺と梅本《うめもと》君はお互いに必要な存在なのでは……？

だが、待て。彼の事情を聞く前に決めつけるのは早計だ。まずはちゃんと話ができる関係になるところからだ。

ほどなくして俺たちは昇降口に辿《たど》り着《つ》いた。靴を履き替えて校門を目指すと、

「あっ……」

吟が抑えきれずに声を漏らした。

蓮也《れんや》が、梅本君と並んで立っていた。

「仁野《じんの》！　じゃあな！」

蓮也は少し得意げに笑って俺に手を振った。見事に梅本君を見つけ出して捕まえておいてくれたんだ。ちょっと格好良過ぎるぞ。どこまでできる奴《やつ》なんだ。

「ああ！　また明日《あした》！」

俺は大き過ぎる荷物を右手でどうにか抱え、左手を振り返した。「ありがとう」は後で伝えることにしよう。今すぐ叫びたいけど不自然だもんな。

そして俺は梅本君を見る。彼は明らかに動揺していた。俺に怯《おび》えているのか、それとも

俺が吟をサポートしていることに違和感を感じているのか。少しは俺のことを危険じゃない奴だと思ってくれているのか。

……わからない。だけど、ここは思い切って動かなきゃダメだ。せっかく吟と蓮也が用意してくれたシチュエーションだぞ。

俺も吟のように、迷わず飛び込むんだ！

「う、梅本君も！　また！」

俺は彼の目を見据えて、懸命に手を振った。

自分から誰かに声をかけるなんて、吟を助けたあの日を除けばいつぶりだろうか。拒絶されるに決まっているからと、俺は逃げ続けてきたんだと思う。

身体中《からだじゅう》から汗が吹き出る。不安で足がぐらつく。だけど退《ひ》かない。笑顔なんて慣れていないけどできるだけ口角を上げて、君と話がしてみたいと念を送った。

――――しかし。

「……っ！」

梅本君は全力で走り去ってしまった。ただの一言も返してくれることなく、風を巻き起こすような勢いで校門から出て行く。隣に立っていた蓮也が呆《あき》れたように肩をすくめて、マイペースで彼の後を追った。

「……クソ、ダメだったか」

作戦失敗だ。やっぱり彼は俺なんかと関わりたくないのか。協力してくれた二人に申し訳が立たない。

「ありゃりゃ……。残念だったねじんじん」

「ごめん。俺は本当にどうしようもない奴《やつ》だ……」

「そんなに自分を卑下しないの。またチャンスはあるよ。それに、自分から声をかけたのは立派だったと思います！」

吟《うた》は少しも俺を責めるそぶりを見せなかった。勇気を出したあなたが誇らしいとばかりに、俺を拍手で讃《たた》えていた。

「じんじんと仲良くなりたいって思ってもらえるように、どんどん作戦を考えていこうね。私がついてるから」

「吟……」

小さな身体《からだ》から溢《あふ》れる、大き過ぎる頼もしさと優しさ。俺ならきっと人の信頼を勝ち取れると、吟はずっと信じてくれている。だったらこれくらいでめげてはいられないな。

「今日はもう気持ち切り替えていこ！　いよいよボルダリングだよ！　楽しまなくちゃ！」

「……ああ。俺もやったことないから教えられるかわからないけど、一応本は読んできた」

「であれば安心です！」

吟はそう言い切って、ずんずんと歩みを進めていく。何でもできる人間などという過大な評価を頂いて正直かなり苦しいけど、できるだけ期待に応えて吟に恩返ししよう。

「もし私が天才だったら屋上からぶら下がるからね」

「やめてくれって言ってるだろ……！」

重たいリュックを抱えて、俺たちは徒歩十分ほどの自宅を目指す。まずは余計な物を置いてからだ。吟の言う通り切り替えて楽しみたいのに、晴れとも曇りともつかない空が、中途半端でもどかしかった。

——なお、吟のボルダリングはかな〜り可愛《かわい》く、俺はプロを目指すコースに熱心に勧誘された。

第四章　正解だと信じて

予定にない。

朝のHR前。クラスメイトたちが続々と登校してくる教室で、俺は面食らっていた。

「数学教えてください……！」

吟《うた》がプルプル震えながら懇願する。迫真。演技ではなくマジだということは見て取れる。

なんならちょっと涙目だ。

でも待ってくれ。次の作戦は蓮也《れんや》と相談した上でじっくり練るという話になっていたはずでは……？

「ス、スウガク……？」

俺の方がカタコトになるという初めてのパターンだ。しかし吟は躊躇《ちゅうちょ》なく会話を続けていく。周囲に聞こえる音量を意識しているのは伝わってくるが、俺は気が気じゃなかった。

「昨日帰ってから改めて範囲を見てみたの。そしたらさ、変なの！　まだ習ってないとこがあるの！」

「え？」

「一年生でやったとこの復習テストって話だったよね？　私前の学校で微分なんてやってないのに……！」

俺は一旦周りの目を忘れるほどハッとなる。確かにそれは、緊急事態だった。

「ここ自称進学校だから普通は三年かけて習う内容を二年で終わらせるんだよ。三年は受験対策だけできるように」

「何それぇ～……もっとのんびり暮らそうよぉ……」

吟はその場にしゃがみ込んで頭を抱えてしまった。そりゃ無理もない。転校生の吟にとっては復習でも何でもない。未知の問題を叩《たた》きつけられるのだ。

「仁野《じんの》ぉ～……オレもいいか～？」

「え!?」

突如蓮也も割って入ってきた。校内では関わらないって話じゃなかったか？　あと、お互い困ったときは電話ができるって契約を結んだはずだったよな？　電話で済んだんじゃないかこれ？　俺初めて友達《ともだち》と電話できる日を今か今かと待っているんだが？

「テストなんて聞いてねぇよ～……。去年のことなんか全部忘れちまったし……」

蓮也は蓮也で嘆いていた。しかし口元は若干緩んでいる。まるで「ドッキリ大成功！」とでもいいたげに。

俺が視線で「訝《いぶか》しんでいます！」と主張すると、蓮也が周りに聞こえない声量で解説を始めた。

「吟ちゃんがもう周りの目とかいちいち気にしねぇで普通に話したいってさ」

「話したいのです！」

「いや、だから……」

吟《うた》はある意味蓮也《れんや》に相談した上で動いているらしい。俺の予定とは全然違う形でな。ご丁寧に作戦衣装のカーディガンを羽織ってご登場とは手が込んでいるし似合っていて可愛《かわい》いじゃないか。まったく、吟に悪影響が及ぶかもしれないってあれほど――、

「……あれ？」

教室を観察してみると、俺たちに注目している人は少なかった。ゼロではなかったが反応は薄い。

「もうお前と吟ちゃんが一緒にいるのは特別なことじゃなくなりつつあんだよ。昨日の作戦が効いたな」

「そ、そうなのか？」

保健室の騒動を含めるとシャチVSペンギンはこれで四回目。いちいち過剰に反応されることもなくなってくる頃なのかもしれない。それは単に慣れや疲れから起こる現象なのか、……それとも警戒して見張っておく必要はないと判断されつつあるのか。

「一応保険としてオレも混ざるぜ。何人かでやる勉強会って形にすりゃ吟ちゃんにだけ変なイメージがつくことはねぇだろうよ。だからもう観念しろ」

「れんれんも天才だから私は縮こまるばかりです……」

蓮也《れんや》は出会ってから初めて聞くくらい真剣なトーンで訴えた。考えなしに行動しているわけじゃないことは伝わってくる。……だったら信じてみるか。

「気ばれよ仁野《じんの》。注目されなくなってるってことは、多少目立たねぇと計画が成り立たなくなるぜ？　吟《うた》ちゃんを助けてるとこ、見てもらわなきゃ意味ねぇんだろ？」

「そ、そうなるのか……！」

この計画は観察されてこそ。名誉挽回《めいよばんかい》を目指すなら、吟を助ける様を今まで以上に積極的に見せつけていく必要がある。だったら……。

俺は勢いよく立ち上がって、威圧感がない程度に声を張る。

「吟、蓮也、今日は一緒に勉強会をやろう！」

心臓がバクバクと唸《うな》る。クラスメイトたちが一斉にこちらに目線を向けたのが伝わってくる。こんなこととして変な風に思われないだろうか？　また曲解されてシャチ伝説に拍車をかけないだろうか？

……怖いけど、進める気がした。以前の俺は視線すらもらえなかったんだからな。

「わ、わからないことがあったら俺が教えるからどんどん頼ってくれ！　今度のテスト、絶対乗り越えよう！」

「ありがとじんじん！」

「助かったぜ……」

それに、吟と蓮也がついてる。二人の支えがあるから、孤独だといじけていた俺が自分から世界と関わろうとしている。二人が「よくやった！」と目で訴えてくれるのでホッとした。

クラスのざわめきはすぐに収まって、みんな日常の中に戻っていった。何も聞こえてこないけど見てはくれた。あとはもう一段階俺の印象が書き変わってくれと願うのみだ。

——さて、言ったからには全力で講師を務めないとな。

「こんなこともあろうかと教育関係の本も読んでおいたんだ。何とかしてみよう」

「なんて頼もしいお言葉なの……！」

俺は鞄《かばん》から数学の問題集を取り出して着席する。ざーっと中を確認しながらいくつかの問題にチェックを入れていく。

「まずは勉強計画を立てるために二人の実力を知りたい。俺が指定した問題を今日の放課後までに解いてくること。その後教室で勉強会だ」

「え、放課後までにって、いつやればいいの？　授業もあるのに」

「大丈夫。全部基礎的な問題だから。十分休憩や昼休みで足りる」

「休み時間にやれってか!?　じゃあオレいつ休むんだよ!?」

俺は黙って首を横に振る。状況から察するに二人は休んでいる場合じゃないはずだ。

「打ち合わせもなしに頼んできたってことは、よっぽど勉強したかったんだろ？」

「「うっ!!」」

ハラハラさせてくれたお返しだ。多少スパルタでいこうじゃないか。二人はぐぬぬと唸《うな》ったあと、トボトボと自分の席へ向かっていった。

こうして俺たちの第三作戦・「数学教えます」が幕を開ける。

——放課後。

「なるほどな……」

俺は二人が提出したノートに目を通す。指定した問題をきっちり解いてきた二人にまずは拍手を送りたい。勉強会開始前からすでに疲弊している点についてはもっと気合を入れてくれと発破をかけたいところだ。

「解いててどうだった?」

「多分簡単なんだろうなぁとは思いました……」

「解けるかどうかは別だがよ……」

まずは各単元の基礎的な問題に触れてもらった。公式を当てはめるだけの超初歩から一歩だけ進んだくらいの内容だ。来るテストは一年生の復習とのことなので、まずは現段階での理解度を知っておきたかった。

「そんなに落ち込むほど悪くないと思うぞ。二人とも苦手な部分はいくつかあるけど、六、七割はできてる」

「え……？　まさかじんじん、そんなパラパラめくりながら採点してる……？」

「天才見せつけんのやめろ……！」

読むのだけは得意だ。先日身につけた速読という技もあるしな。こんな作業に時間を取られている場合じゃない。なんせテストは三日後だ。

「……うん。大体把握した。次は目標を決めようか。満点を目指すのか、無難にやり過ごせばいいのか」

「『無難！』」

「了解。じゃあ六十点くらいを目指そう」

スタートとゴールをはっきりさせる。あとは俺がゴールに至るまでの階段を作ればいい。一段上がるたびに成長を実感できて、次のステップに進むのが怖くない。そんな適切な高さの段差にできたらなお良し。

「あ！　でもさ、私たちが満点取ったらじんじんの株が上がるんじゃない⁉　じんじんに教わったおかげって話になるでしょ⁉」

「あー、なるほど……？　でも今回は俺のことまで気にしないでくれ。た、多分それどころじゃない」

「不甲斐《ふがい》ないです……っ」

正直三日で仕上げるのは難しい。吟《うた》に至ってはまだ習っていない部分まであるのに。

「範囲が広すぎるからある程度絞ってやっていこう。試験時間が四十五分しかないし、全部の単元から問題が出るってことはないと思う。受験問題によく出るとこを狙ってくるんじゃないかと」

ここは自称進学校様だ。きっと一丁前に大学入試を模した形式にしてくるに違いない。おそらく導入問題と一つ二つの発展問題がセットになった大問が三つってとこだ。

しかしそうなると懸念が一つ。

「多分吟が習ってない微分の問題が出るんだよな……。受験問題でよく見るから」

「ヒッ……！」

「時間がないから捨てるのもありかもしれない。他を確実に押さえれば目標には届くはずだから」

後回しにして余裕があれば触りだけやるくらいの心持ちでいた方が現実的だろう。導入問題だけでも解ければ御の字くらいの感覚でいい。吟が今後の授業についていけるようにテスト後にゆっくり教えていこう。

「まずは二人が苦手じゃなさそうでテストに出そうな単元を確実に固めていこう。その後は多少苦手でも出そうなところ。最後に出る確率は低いけど解けそうなところ。こういう順番でいく」

過不足ないプランだと思う。日頃お世話になっているせめてものお礼に、二人には満足いく点を取ってほしい。頑張りどころだな。

「じゃ、始めるぞ。問題集の二十七ページ開いて」

俺が教壇に立ってチョークを握ると二人は少し身構えながらも頷《うなず》いた。授業開始だ。

――数学嫌いの子どもへの教育、に関する本を読んだ。

英語の問題なら意味のある文を作るという目標がはっきりしている。しかし数学はどこを目指してどう走ればいいかイマイチ判然としない。解説を見ても「いや、どこからこんな発想が出てきたの!?」と驚くだけで身にはつかないし、何がわからないのかわからないという状況に陥りがちだ。そりゃ楽しいはずがない。

まずはそんな苦手意識に抵抗するところから始めた。簡単な問題を目の前で解き、同じ方法で解ける問題に繰り返し触れてもらう。「ここまでは自分で進める」という成功体験を重ねていけば、徐々にゴールまでの距離が長い問題でも道筋が見えてくるようになる。

教えていくうちに二人の傾向が掴《つか》めてきた。

吟は最初に「これかも！」と直感した解き方を無鉄砲に試してしまいがちだ。直感が当たっていた場合は早いが、外れたときは遠くの沼で溺れたまま帰ってこない。他のアプローチはないか一考する時間を設けるクセをつけることで多少の改善が見込めそうだ。

蓮也《れんや》はとにかく理解が早かった。学校に来ていない分成績は芳《かんば》しくないらしいが、地頭と要領がとんでもなく良い《い》。吟《うた》と同じペースだと退屈させてしまいそうだったため、吟にはバレないように先んじて発展問題にも手を出してもらった。

……空が暗くなった十八時ごろ。

「よし、今日はここまでにしよう。二人とも良い調子だ。これなら目標は越えられると思う」

俺がチョークを置くと、二人は揃《そろ》って机に突っ伏した。

「疲れたぜ～……。でも一気にわかったわ。ありがてぇ……」

「私も自分の成長に震えています……。すごいよじんじん。先生より教えるの上手なんじゃない……？」

「いやそれは大袈裟《おおげさ》だよ。ほぼ個別指導だから密度が違うし」

ありがたいことに身に余る高評価を頂いている。役に立てていることが嬉《うれ》しくて、教卓の裏でこっそり拳を握った。

二人とも疲れ果てて黙り込んでいたが、二分ほど見守っていたあたりで蓮也《れんや》がボソッと呟《つぶや》いた。

「……結局梅本《うめもと》の奴《やつ》、来なかったな」

「え？」

「いや、実は誘っといたんだよ。でもアイツまだビビりまくってんな。昨日もあのまま見失っちまったし……」

　俺は言葉を失った。今日の作戦は蓮也が立てたもの。梅本君を巻き込む算段までしてくれていたのか。結果が伴わなくたって、気持ちだけで充分過ぎる。

「……蓮也、ありがとな」

「いいって。俺もお前に世話になってる」

　蓮也はニカっと白い歯を見せた。今のすごく友達《ともだち》っぽかったなと俺は内心興奮した。

「梅本のことは任せとけ。……じゃ、俺先帰るわ。二人はまだやってろよ」

　蓮也は突然言い放ち、さよならを言い返す前に飄々《ひょうひょう》と立ち去ってしまった。「二人」をやたらと強調したことが少し引っかかる。

　……まさか、「二人きりにしてやるぜ」とでも言いたいのか？　そっち方面の気遣いなら無用だぞ。大体、もう最終下校の時間だし――、

「じんじん、何だか私、今ならできるって気がしてるのです！　もし疲れてなかったらでいいんだけどもうちょっと教えてくれない？」

「え？」

　吟が望むなら期待に応える以外の選択肢はない。今日は昼休みだって勉強に費やしていたはずなのにこのやる気。国民栄誉賞ものの頑張り屋さんじゃないか。あまりのオーラで巨大に見えてきたぞ。

「もちろんだ。どこか寄ってくか？　この前のカフェとか」

普通の提案、だったはずだ。しかし吟《うた》は途端にしょぼんとして、一転して本物のペンギンみたいなサイズに萎《しぼ》んでいった。

「ここのところ遊びすぎてお小遣いがなくなりました……」

＊＊＊

急遽《きゅうきょ》開催されたキッチン仁野《じんの》。

「サバの味噌煮《みそに》ときんぴらごぼう。味噌汁《みそしる》は豆腐とワカメ。地味でごめんな」

俺は食卓に続々と皿を並べていく。華やかさに欠けるラインナップなのに、吟は四日ぶりに巡り会えた獲物を見るように目をギラギラさせていた。

「匂いが良過ぎて頭くらくらしてきたよ……。食べる前に気を失っちゃいそう……」

「そ、そんなに期待しないでくれ。普段と味付け変えたから上手《うま》くいったかどうか……。こんなこともあろうかと新しいレシピを仕入れといたんだが……」

「また何か読んだの!?　こりゃ覚悟しないと……！」

吟は前線に突撃する直前の兵士のような意気込みで「いただきます」と呟《つぶや》き、サバにかぶりついた。すぐさまガバッとのけ反って天を仰ぐ。口の中で爆発したのかと思った。やがて吟は無言のままツーっと涙を流す。

「どうした⁉」

「美味《おい》しいの……。頑張ったあとだから沁《し》みるよぉ～……」

大袈裟《おおげさ》だなと言いたいところだったが、確かに吟は頑張っていた。

お金がかからない場所で勉強を続けようという話になり、一悶着《ひともんちゃく》の末に吟のやる気に押し切られる形で我が家で延長戦を行うことになった。吟は俺が料理をしている間もずっと三角関数と戦っていた。さぞかし疲れたことだろう。

「ご飯までお世話になっちゃってごめんね。絶対埋め合わせするから」

「いいんだよ。日頃のお礼だから」

「またそれだ……。じんじん、冷静に振り返ってみて？　私の方こそじんじんに助けられてばっかりなんだよ？　初めて会ったときからず～っとそうなの。でしょ？」

「……？」

俺は命令通り冷静に過去を思い返し、首を横に振った。俺がやったことなんて吟の与え給《たも》うた慈悲に比べればミジンコの触覚ほどに小さい。

吟は唖然《あぜん》としていた。思いっきり眉根を寄せ、分からず屋の利かん坊に呆《あき》れるように呟く。

「もらったものばっか数えるんだから……。困ったもんだよまったく」

困られても困る。俺はまだまだ貢ぎたい。都合が悪いので話題を変えよう。

「あ、今更だけど家で食べてって大丈夫だったのか？」

「うん。パパ帰ってくるの日付変わってからだし、元々自分の分は自分でどうにかしようって思ってたの」

「随分遅くまで働いてるんだなパパさんは」

「ね～。一人だと寂しいから遊びに来れて助かっちゃった。食べ終わってからも勉強するよじんじん！」

「……」

俺だって吟《うた》と一緒にいられるのは楽しいが、法令に触れたりしないだろうか？　深夜に家で二人きりは健全じゃないぞ。キッチンに逃げるという手口はもう使ってしまったし、ここからはいよいよ同じ空間で過ごすことになってしまう。

……落ち着け。俺が変に意識し過ぎなんだ。そもそも俺は吟に気持ちを伝えるつもりはないし、同じ気持ちを返してほしいとも思っていない。望むこと自体が分不相応で罪なのだから、煩悩をブチのめして無であるべき場面だ。

吟は本当に美味《おい》しそうにご飯を口に運び続けていた。いつまでも見ていられる景色だ。

……せめてこうして吟の可愛《かわい》い姿を見守れる立場にいられたらと思うけど、それも高望みなんだろうな。

「――ごちそうさまでした！　もう他所《よそ》ではご飯を食べられない身体《からだ》にされちゃいました……」

「ずっと大袈裟《おおげさ》なんだよな……。足りたか？」

「うん。……でも勉強するなら糖分はもっと必要だね。私の家におやつあったかな」

俺は立ち上がって冷蔵庫に向かう。

「こんなこともあろうかとお菓子作りも覚えたんだ。アップルパイ焼いた」

「あんたって人は……っ！」

吟が全力を尽くしたいなら、力を発揮できるよう支えるのが俺の使命だ。糖分を提供するのも重要任務である。

「えぇ？　ちょっと、えぇ!?　ふ、負債が……負債が増えていくよじんじん……！　こんなに甘やかされたら一生かけてもお返しできないよ……！」

「いや、支払いは済んでるんだって。俺こそ一生分もらってる」

パイと取り皿を持ってきてテーブルに置いた。吟は眩《まぶ》しいものでも見るかのように手をかざして指の隙間から観察する。

「本当に何でもできちゃうねじんじんは……。お店で売ってるやつみたいだよ」

「お店に悪いよ。……さあ、これ食べながら続きをやろうか。俺が料理してる間にどれくらい進んだんだ？」

「う〜ん……。三角関数は強敵だね。基礎っぽいとこはごまかせるけど、ちょっとひねられるとさっぱり……」

勉強計画は第二ステップの「苦手だけどテストに出そうなところ」に突入していた。吟《うた》は図形が少しでも視界に入ると悪寒に見舞われる体質だった。少し難航しそうな予感がしている。

「図形か……」

少しでも苦手意識を取り払えたらいいんだけどな。今は汚いものを扱うようにつまんで遠ざけているような距離感だ。もっと興味を引けるような話ができるといいんだが——。

「……吟、円周ってどうやって計算する？」

「え？　直径×円周率でしょ？」

「どうしてその式なんだ？」

「ええっと、円周率っていうのが直径を一としたときの円周の長さだから……？」

「うん、そうだ」

突然始まった問答に吟はキョトンとしていた。しかし本題はここからだ。

「じゃあ、円の面積はどうだ？　半径×半径×円周率って計算するけど、どうしてこの式で面積が割り出せるんだと思う？」

「……わかんない。意味もわからず暗記してる」

そういうもんだよな。しかしそれでは理解が深まらないし興味も持てないだろう。

俺は教材代わりに円形のパイに包丁を入れて八等分する。扇形の八つのピースを弧の部分が手前・奥・手前・奥……となるように並べてくっつけた。

「こうやって並べてみると円だったものが四角形っぽくなるだろ？」

「何となく……？　上と下が波線だけど」

「そうだな。でもこれを八等分より細かく切って同じことをしたらどうなる？　十六等分なら波線はもっと直線に近づくし、三十二ならもっとだ。つまり無限にこの作業をしていくと、もう直線と呼んでも差し支えないレベルになる」

「……なるほど？　真っ直《ます》ぐってことは本当に四角形になるね。あっ、丸から四角に変形して面積を計算しやすくしたってこと？」

「うん、その通り。じゃあこの四角形の面積は？」

縦と横の長さをかけるという直感的に理解しやすい計算に変換できた。問題は縦横の具体的な長さだ。

「えっと……、あ～！　これ縦は半径じゃない!?　円の真ん中から円周までの長さだもん！」

ご名答。扇の先端は円の中心だった部分だ。外周と直線で結べばその長さは半径に等しい。

「じゃあ横は？　波線だったってことは……」

「円周だった部分だ！　でも二本に分かれてるから円周の二分の一だね。だから……直径×円周率×二分の一？」

「その式の直径×二分の一の部分だけ先にやろうか。直径の半分ってことだから……」

「半径だ！　じゃあ横は半径×円周率なんだね。縦は半径。その二つをかけたら――」

吟《うた》は世界の真実を悟ったみたいに目を見開いていく。

「半径×半径×円周率になった……！　えぇ!?　すごい！　そういうことだったんだ！」

本当に吟は良いリアクションをしてくれる。教えるこっちも楽しくなってくるな。

「三角関数の公式もこんな風に噛《か》み砕《くだ》いていこう。身に染みて理解できたらきっと応用が利くようになるから、難しい問題も解けるようになるよ」

役目を終えたパイを一欠片《ひとかけら》お皿に取り分けて吟に手渡す。フォークも添えて準備は万端。あとは俺が支えればいい。

「吟に解けない問題があったら俺が解けるまで教えるから。疲れてるだろうけどもう少し頑張ろうな」

「じんじん……」

吟は俯《うつむ》いて、頬《ほお》を赤らめていた。長いまつ毛が少し震えている。角度的によく見えないが瞳がどこかぼーっとしていて、俺が初めて見る表情だった。

「じんじんはズルい。何でも知ってるし、何でもできるし……。私もたまにはじんじんにカッコいいとこ見せたい」

いつもハキハキと元気よく喋《しゃべ》る吟が口籠《くちごも》っていた。……しまった、おかんむりか？　吟の「得意なことがない」というコンプレックスを刺激してしまったんだろうか。

かと思いきや、吟はパッと顔を上げて冬の晴れ空のようなさっぱりした笑顔を見せた。

「……ねぇじんじん？　やっぱり百点を目指そうよ！」

「え？」

「じんじんが味方してくれるならできる気がするの。良《い》い点とってじんじん先生の名を天下に轟《とどろ》かせるんだよ！」

吟は拳を突き上げて威勢よく言い切った。この時間まで勉強を続けたのにまだやる気たっぷりなのは本当に立派だ。辞書の「お利口さん」の欄には「羽柴《はしば》吟」と一言だけ書かれているべきだ。

だけど、流石《さすが》に負担が大きすぎないだろうか。吟にはハンデがある。

「そうなると微分も勉強しないといけなくなるんだぞ？」

「やってみようよ！　できるかはわかんないけど、新しいことに挑戦するのは好きなの！」

……なるほど、そういう人だった。吟はたとえ苦手な数学の分野であっても好奇心を抱けるし、恐怖心なく飛び込むこともできる。試してもいないのに捨てるなんて愚行だったな。

よし、俺も腹を括《くく》ろう。

「明日《あした》も明後日《あさって》も勉強詰めになるぞ」

「望むところだよ！　ご指導ご鞭撻《べんたつ》のほど！」

——そこからの吟《うた》は凄《すさ》まじかった。

かぶりつくように問題に取り組み、解ければ大はしゃぎして、解けなければ顔をしわくちゃにしてしょんぼりする。邪魔になんなきゃいいとばかりに襟足のあたりで雑に結えた髪がかえって愛らしかった。吟は本気だ。

もちろんこの勉強は吟自身の成績のためではあるのだが、こんなにも努力してくれるのは俺のためでもあるんだろう。何のゆかりも手助けする理由もなかった俺を仲間と呼んで、必死に救おうとしてくれているんだ。

……やっぱり、俺は吟が好きだな。

見た目や仕草が宇宙史で一番可愛《かわい》いとかそんなのはどうでもいいくらい、吟の精神性を心の底から尊敬する。ペンギンらしい強い好奇心も、警戒心を持たない勇敢さも、仲間を大切にしたいという想《おも》いも、俺にとっては手放しで憧れてしまうものだ。報われるべきではない想いだと理解はしているけど、目を逸《そ》らし続けるのは簡単じゃない。

——もしも。

もしも俺がシャチの汚名を取り払って、俺と付き合うことが学校中の失笑を買う行為じゃなくなったら、この気持ちを伝えるくらいのことはしてもいいんだろうか。望むことくらいは許されるようになるんだろうか。

もっと近くで吟を大切にする資格が欲しい。俺の全部を吟に捧《ささ》げていい許可が欲しい。あくびやため息すら無縁になるくらい、いつも幸せでいられるように尽くさせてほしい。道はまだまだ遠いけど、いつかは……。

そんなことばかり考えて、夜も更けてきたころ。

「……あ！　今何時⁉」

突如吟が声を上げた。俺はスマホをタップして時計を表示させる。時刻は十時二十分。吟の顔が青ざめていく。

「やっちゃった〜……。もう銭湯閉まってるよ……」

「銭湯？」

「うちのシャワー壊れちゃったの。本当にボロいんだねこのマンションって」

風呂が使えないだと？　それはピンチだ。

「こんなこともあろうかと水道工事の本を読んでおいたんだが」

「い、いい加減にして！　明日修理の人が来るから平気！　ありがとね！」

じゃあ俺がでしゃばるのもおかしいか。ちょろっと本を読んだくらいで本当に直せるかどうかは疑問だしな。

しかし、現実問題今日のお風呂はどうする？　他の銭湯を探そうにも、もう高校生が外に出たら補導される時間になる。

だったら……、いや……、どうだ……これは……？

「…………うちのシャワー使うか？」

「…………」

気まずい沈黙が流れる。初めて家に招いたときの空気を思い出した。

「そ、それはちょっと、流石《さすが》に恥ずかしいかも。でも入れないと困る……ペンギンってあだ名が『臭い』って意味になっちゃうよ……」

「お、俺家の外出てるよ！　だから遠慮なく入ってくれ！」

「そんなに意識されたらもっと恥ずかしくなるじゃんか！」

吟《うた》はうーっと獣みたいに唸《うな》った。真っ赤になった顔を見たら俺はもう何も言えなくなって、床の木目を凝視するしかできなかった。

しばらく逡巡《しゅんじゅん》した吟はもはや他に選択肢はないと覚悟を決めたようで、家から着替えとタオルを持ってきた。

「じゃ、い、いただきます」

「おお……」

これ事件性あるだろと思いながら洗面所に入っていく吟を見届けた。すぐにでも自首しに行くべきだろうか——なんて、言語を使って思考する余裕はあっという間に消えた。

ドアの中からうっすらと衣擦《きぬず》れの音が聞こえる。

身体中《からだじゅう》の血が沸騰するような衝撃が全身を貫き、きっともう内部がボロボロであろう足を引きずってベランダに逃げ込んだ。しかし水道管に水が流れる音すら刺激的で、うろ覚えの般若心経《はんにゃしんぎょう》を唱えて耐える。

ふと、俺と吟の家を繋《つな》ぐ穴が目に入る。

……もしパパさんが帰ってきて、娘の不在に慌てて家の中を捜索しているうちにこの穴に気づいて、俺と目が合ったら。そのときは素直に命を差し出そう。

あ！　というか、このあと俺は吟が入ったあとのシャワーに入ることに——クソ、余計なこと考えるな！　無になれ！

「羯諦羯諦《ぎゃーてーぎゃーてー》波羅羯諦《はーらーぎゃーてー》……」

「な、何ブツクサ言ってるの？」

「!?」

気づけば吟が窓のそばに佇《たたず》んでいた。三秒しか入ってなくないか？　あ、いや、もう三十分は経《た》っている。俺の脳は錯乱のあまり時間感覚を司《つかさ》どる部分が壊死《えし》してしまったんだ。

吟《うた》はまだ少し濡《ぬ》れたままの髪にタオルをかけ、全身からほんのり湯気を放っていた。くちばしのように尖《とが》らせた唇から、ぼそっと声を漏らす。

「ありがと。い、一応掃除もしました」

「ど、どうも……」

俺たちはとても「さあ、勉強再開だ！」と切り替えることができず、どちらから言うでもなく本日は解散となった。

＊＊＊

ついにやってきた小テスト本番。

「全員手元に問題と回答用紙届いたわねぇ？　フフ、じゃあスタート。頑張ってね♡」

数学の二谷《にたに》先生がいかにも楽しげに開始を告げる。きっと生徒たちを追い込むのが心の底から好きなんだろう。ちょっとSっぽい美人の先生で普段は人気者らしいが、今日ばかりは棍棒《こんぼう》を持った鬼に見える。

しかしむざむざ打ちのめされるわけにはいかない。俺自身がきっちり高得点を取っておかないと吟と蓮也《れんや》に会わせる顔がないばかりか、この作戦の説得力も失ってしまう。

俺は意を決して問題用紙を表にし、まずは全体を俯瞰《ふかん》した。

……いいぞ、読み通りだ。大問一は因数分解、大問二は三角関数、大問三は微分。それぞれが二、三の小問で構成されている。どれも対策して二人に重点的に教えた単元だ。

だが、想定していたよりは難しい問題が並んでいる。俺が指導する前の二人なら半分も取れなかったかもしれない。制限時間的に一つあたり十五分程度で解かないといけないのもややハードルが高いか。

まずは大問一に取り掛かる。解き終わった。よし、次だ。

続いて大問二の三角関数。吟《うた》は苦手にしていた分野だったが、重点指導が効いたのか昨日の時点では随分と理解度が深まっていた。何事も前向きに取り組めるという性格は武器だな。嫌々やるのとは成長曲線が段違いだ。

ひょっとして吟は努力の天才になれるんじゃないか？　……途中で他のことに興味を引っ張られるだろうから難しいか？

吟のことを考えていたらいつの間にか解き終わっていたので、いよいよ大問三に臨む。微分。吟が前の学校で学んでいない単元だ。

見たかぎり（一）と（二）はそう難しくない。基礎をしっかり身につけていれば多少戸惑いはしても必ず解答できる。しかし、

「……！」

手が止まった。最後の（三）。これはなかなかに、意地悪だ。

おそらくは難関大の入試あたりから引っ張ってきてアレンジした問題だろう。二谷《にたに》先生め。最後の最後に爆弾を用意したってとこか。

解き方自体はこねくり回したものではない。しかし単純な計算作業が膨大で、しかもキリの悪い変な数字が度々登場する。こういうのって不安になるよな。もっとシンプルな道があったんじゃないかとか、解き方から間違っているんじゃないかとか、いろんな疑問が頭を過《よぎ》る。でも迷っているような時間も最初からやり直す時間もないときてる。先生が嘲《あざ》笑《わら》っている顔が目に浮かぶようだ。

まあ解けはしたんだが、二人が心配だな。今回の点数がどうこうってだけではなく、今後のために「数学は太刀《たち》打ちできないものではない」というイメージで終わってほしいんだ。心を折られてないといいんだが。

ただ、おそらく点数的には捨てても構わない。いくら二谷先生でもこの問題だけ八十点などという悪魔じみた配分をしているとは流石《さすが》に思えないし、他を確実に仕留めれば六十点は固い。勉強の成果を充分に感じてもらえる結果にはなるはずだ。

百点を目指している吟にとっては超えなければならない壁になるが、……これは励まし文句を考えておいた方がいいかもしれないな。微分に触れてたった数日で解ける方がおかしいくらいの問題だ。

さて、見直しがてら問題用紙の方に解答を書き写しておくか。終わったらすぐ三人で自己採点だ――――。

――――なぜか俺は叱られている。

「どんだけ時間余ったらこんなことできんだよ？」

「じんじん、私は引いています」

吟《うた》と蓮也《れんや》は俺の問題用紙を恨めしげに見つめている。解答だけではなく、張り切って別解も添え、さらには攻略上のポイントなども記載しておいた。二人のためだったのに。

「何分で解いたか言ってみろ」

「……十分くらいだな」

「変だよ！　じんじんは変！　私たちがう～う～言いながら一回解いてる間にじんじんは四回解いて五分お昼寝できるってこと!?」

「い、いや、今回はほら、二人に教える過程で俺もめちゃくちゃ勉強したから！　あと、暗算術みたいなのを本で覚えたって吟には東京タワーのとき言ったろ？」

狼狽《うろた》える俺を除《の》け者《もの》にして、二人は密談を始めた。だが内容は俺にも筒抜けだ。

「流石《さすが》におかしいぜコレ。もしかして仁野《じんの》の能力は『本で読んだ知識を完璧に実践できる』だけじゃねぇんじゃねぇか？　『練習を積むと完璧を超えた異次元に達する』とかよ」

「あ！　そういえばお料理力はじんじんの数ある特技の中でも異次元だよ！　あれは毎日

作ってるのが練習になってたんだよ！」

「もう変な設定盛るのやめてくれ！」

過大評価過ぎる二つ目の能力を頂いてしまった。違うんだ。今回は二人のサポートができればと躍起になった結果実力以上のものを発揮できただけなんだきっと。

「お、俺のことより二人はどうだった？」

無理矢理《むりやり》本題に入る。

「一応それなりに手応えはあるけどよ」

「私も！　数学のテストのあと足が震えてないの初めてかも！」

「本当か⁉　良かった！」

俺は思わずバカデカい声を出してしまう。途端に周囲のクラスメイトたちが捕食者の気配を感じて背筋を伸ばす草食動物のような動きをした。ダメだ、いくら嬉《うれ》しいからって興奮し過ぎてはいけない。

「でも私答えを書き写す時間なんてなかったし、必死だったから自分の答えあんまり覚えてないかも」

「オレもそんな感じだわ。正直仁野の解答見てもイマイチピンと来ねぇっつーか……」

「書き写した意味……」

「だって最後の問題でパニックになっちゃったんだもん！」

「アレな！　見た瞬間固まっちまったぜ！」

確かにあの問題はそれまでの記憶を吹き飛ばすくらいのインパクトがあった。残念ながら正確な自己採点は不可能らしい。

「解き方はどうだ？　俺と同じ方法で挑んだかどうかくらいは思い出せるんじゃないか？あ、いや、俺が合ってるとは限らないが……」

「い、今更そこは疑ってないよ。どうかな？　ちょっとよく見せて」

吟《うた》と蓮也《れんや》は改めて俺の問題用紙をまじまじと見つめる。すると、次第に表情が明るくなってきた。

「私かなりできてたのかも……！」

「オレも……もしかすっとすげぇ点取ったのか……？」

二人は信じられないとばかりに見開いた目を向け合い、やがてその視線を俺へと移した。俺はホッとして深く息を吐く。解法にさえ辿《たど》り着《つ》けているなら途中点は確実に取れる。どうやら役目を果たせたみたいだ。

「じんじんが将来先生になったらスーパーコンピューターみたいな子供を大量生産できるんじゃない……？　私でもできるようになるくらいだし」

「吟ちゃん、そりゃもったいねぇよ。コイツは国の中枢を担うポジションに置いとくべきだ」

「確かに……！　先生も素敵なお仕事だけど、じんじんが救える命はもっとたくさん……」

また大袈裟《おおげさ》なことを言い始めた。数学の先生を務めてイメージアップという今回の作戦を意識したセリフってわけではなさそうだ。本気でこんな妄言を吐いている。

居心地は悪いが、おかげで今回の作戦も大成功と見ていい。正式な結果次第な部分もあるとはいえ、テストを終えたばかりの教室で明るく盛り上がっているのは俺たちくらいで、その雰囲気だけでも充分周囲に衝撃を与えているはずだ。

吟にとっては大ピンチだった。苦手な数学。しかも習っていない範囲のテスト。だが俺の三日間にも及ぶ個別指導で窮地を乗り越えた。……普通に考えて俺が吟を取って食おうとしている危険人物なはずがない。いい加減正常な判断を下してくれるだろう。

「ねぇ、これからお疲れ様会しない？」

「お、いいぜ。どこ行く？」

「吟、お小遣いがなくなったって言ってたけど大丈夫なのか？　もしないなら俺が──」

「平気！　お小遣いとは別に貰《もら》ってる食費に手をつけるよ！」

「それは平気じゃないのでは……？」

まあ月末になったら俺が頼んでもいないのに食べたいものを食べたい時間に届けるデリバリーサービスになればいいか。あらゆる支払い方法に対応していないので実質無料だ。

「念の為《ため》全員別行動で店に現地集合だからな」

「ま、また始まったよ……。気にしすぎだってばじんじん」

苦言を呈されても目をカッ開いたまま硬直するという方法で渋々認めさせることに成功した。他のクラスの人たちはまだほとんど吟《うた》と俺の交流を見ていないし、俺と蓮也《れんや》が並ぶと威圧感が倍増するという問題も解決していないからな。まだまだ先は長い。

だが、俺は教室で友達《ともだち》と話して、過程はどうあれ放課後一緒にご飯に行く。すっかり普通の高校生みたいだな。道のりは遠くたって歩き方とたどり着くべき場所はわかっている。何から手をつければいいかも理解できない数学の難問のような日々とはもう、さよならだ。

＊＊＊

週が明けた月曜日の六限。いよいよ審判の時がやってくる。

「この前のテスト返すわね。覚悟するように」

二谷《にたに》先生が宣言すると教室が一気にざわめいた。

「先生ちょっとがっかりしちゃったわぁ。生徒を追い詰めるのは大好きだけどぉ、それって生徒がちゃんと苦難を乗り越えてこそなのよねぇ……。あっさり死なれちゃうとイマイチ興奮できなくてぇ……」

こんな人でも教師になれるんだなと、俺はシンプルに驚いた。いや、多少ひねくれているとはいえ生徒の成長を願ってはいるということなのか？

「みんなだらしないんじゃないのぉ？　一年生のときの復習なのに、平均が五十三点って酷《ひど》すぎない？　まあ、私の味付けがちょっと濃かったのは否めないけどぉ……」

「…………？」

俺としては意外な結果だった。確かに予想より難しいテストだったが、テスト後の吟と蓮也の様子を見る限り半分ちょっとしか取れないほどの難易度ではなかった印象だった。ひょっとしてあの二人、相当優秀だったのでは……？

「しかもねぇ、その平均も四、五人がグンと引っ張り上げた結果なのよぉ。実態としては五十点も取れなかった人の方が多いって感じ」

鼓動が高鳴っていく。俺も気づかない内にあの二人は高難度のテストでぶっちぎりの成績を収めるほど育ってくれていたのかもしれない。だとしたら俺は二人を、改めて心の底から尊敬する。

「みんなに返却する前にその優秀だった子を発表するわねぇ。呼ばれたら答案取りに来なさい。……まず、錦木《にしきぎ》蓮也君」

クラス中の視線が一気に蓮也に集まる。当の本人は惚《ほう》けた顔で、

「は……？」

息とも声ともつかない音を漏らすのみ。二谷先生に促されて起立するまで十数秒を要し

た。蓮也《れんや》は未《いま》だ信じられないという表情でヨタヨタと教壇にたどり着く。

「よくやったわぁ。九十四点。問三の（三）は誰にも解かせないつもりで作ったのに、あなたはいい線いってたわ」

「マジで言ってんスか……!?」

俺は思わず狂喜乱舞しそうだった。

すごいぞ蓮也！　できる奴《やつ》だとは思っていたけど、三日でここまで伸びるとは！　ちゃんと学校に来たらとんでもないことになるんじゃないか!?　もっと来て俺と遊んでくれ！

「錦木《にしきぎ》君、あなた一年のころは赤点回避できりゃいいって感じで立ち回ってたわよねぇ？　急にどうしたの？」

「うっ！　そういうのわかるんスね……」

「あったり前じゃない！　錦木君は先生の『大人をナメてる奴リスト』に載ってるわよぉ」

先生がカンニングを疑っているかのような目で蓮也をジロジロ観察している。すると蓮也は急に目が覚めたように饒舌《じょうぜつ》に語り始めた。

「俺と吟《うた》ちゃん二人は仁野《じんの》に勉強見てもらったんス。教えんのめっちゃ上手《うま》くて！　いや、でもまさかこんな点取れるとは思わねぇわ……。ありがとな仁野！」

「じ、仁野君に……？」

蓮也の朗らかな笑顔と先生の訝《いぶか》しげな瞳に同時に襲われる。

俺が熱帯魚にたっぷり血をご馳走《ちそう》して死体にしてあげた件は教師陣も当然知っている。未だ爆発物のように扱われていることは言うまでもない。

「……じゃあ仁野君。あなたも来なさい」

しかし二谷《にたに》先生は目を閉じてうんうんと頷《うなず》いて、嬉《うれ》しそうに声のトーンを上げて俺を呼んだ。俺は恐る恐る立ち上がって近くに向かう。

手渡された答案には、赤字で三桁の数字が書かれていた。

「あなたが一位よ。頑張ったわねぇ。どう粗探ししても満点だったの。やるわねぇ♡」

「あ、ありがとうございます」

結果も褒めてもらえたのも嬉しかったが、そんなことより目立つのが怖くて上手く息が吸えなかった。

「まさか人に教えてる余裕まであるとはねぇ……。何なの？　先生より教えるの上手いとでも言うつもり？」

「え!?　そ、そんなこと一言も——」

「ウソウソ♡　錦木君を引っ張ってくれてありがとね。立派よ」

麗《うら》らかなウインクに俺はただただ面食らった。

俺を怖がらず、軽蔑もせず、ただただ俺を認めてくれた。去年までは俺一人で高得点を取ってもかえって恐れられるだけだったのに。

クラス全員が俺を見ている。緊張する。何かヘマをすればまた噂《うわさ》が強化されてしまう。だけどこれは言っておかないと。

「ありがとうございます。でも、俺は大したことはしてなくて、……あと吟《うた》も、すごく頑張っていたからちょっとでも手を貸せればと思って……」

本当に立派だったのは俺じゃなくて吟と蓮也《れんや》だ。

「謙虚でよろしい！　……さあみんな、二人に拍手」

二谷《にたに》先生が恐ろしいことを言い出した。俺に拍手？　そんなバカな。誰が俺なんかに。

……初めはまばらだった。

パチパチと誰かが遠慮がちに手を打った音が、少しずつ膨らんでいく。隣に、また隣にと感染するように広がっていき、やがてクラスの全員が俺と蓮也を讃《たた》えていた。

まるで「すごーい！」とでも言いたげに微笑《ほほえ》んでいる人。「俺も教わればよかった」と嘆く人。俺と目を合わせないように顔を伏せている人はほとんどいなかった。

信じられない景色だった。俺は確実にまともな奴《やつ》として受け入れられつつある。シャチとペンギンは仲良し計画の第三作戦・「数学教えます」はかつてない大成功を収めたんだ。

だけど俺は気が気じゃなかった。

――本当はもう一人、名前を呼んでほしい人がいたから。

授業が終わるや否や、吟がトボトボとやってきた。

「ごめん、じんじん……」

吟の声は震えていて、今にも泣き出しそうだった。ただ事ではない様子に、自然と周囲の注目が集まる。

「私、全然ダメだったの……見てこれ……」

差し出された答案を見て、俺は正直驚いた。

吟は難問だった微分の（三）を完答していた。他の生徒と違って吟は微分をゼロから学んだのに、圧倒的に不利な状況の中で、それでも懸命に答えにたどり着いていた。

だが、他の問題は……。

問一も問二も（一）の導入問題の時点でケアレスミスをしており、その答えを前提として解く発展問題の答えも歪《ゆが》んでしまっていた。部分点を拾うのみで、無慈悲な赤字の三角が並んでいた。

――合計点は五十点。

「じんじんがあんなに教えてくれたのに……。私全然ダメだったの……！　これじゃじんじんに迷惑かけただけだった！」

吟は見たことないくらい動揺していて、顔は青ざめ、足は震えている。そんな姿を見せられたらもう周りの目なんて気にしていられなかった。

「いや、ほら！　吟《うた》は難しい問題を解いてるじゃないか！　一生懸命やった証拠だ！　そんなに落ち込むような結果じゃない！」

もう少し落ち着いて取り組めば満点でもおかしくなった出来だ。吟は限界を超えて努力した。自分がダメだなんて言ってほしくない。

吟は流れる涙を拭って、傷口から搾り出すような悲壮な声を放つ。

「じんじんは私にもできるって思わせてくれた。だから頑張れたの。なのに、なのに……本当にごめんねじんじん……」

言い切るや否や吟はバッと振り返り、走ってその場を去ってしまった。

「吟！　待ってくれ！」

俺は大急ぎで荷物をまとめて吟を追いかけた。ほんの一瞬だけ一シャチが女の子を走って追いかけ回す姿はどう映る？」なんて考えが過《よぎ》ったが、すぐに捨てた。落ち込む吟のそばにいられないなら俺が存在する意味がない。

しかし小さな吟は人混みに紛れて見つけづらい。昇降口までたどり着いたころには完全に見失ってしまった。だったら家に行けばと思ったが、念のため下駄《げた》箱《ばこ》を確認すると吟の靴はまだあった。

吟はまだ学校のどこかにいる。見つけ出さなければ。

電話をかけても反応がない。誰かに尋ねることもできない。俺の周囲からは人が消えていて、ぽっかりできた穴の中に一人立っているようだった。

だけど唯一、声をかけられる相手がいるとしたら……。

「梅本《うめもと》君！」

昇降口には彼がいる。壁際でしゃがみ込んでいる彼に近づいて、俺は無遠慮に尋ねた。

「突然ごめん！　今人を探してて……、羽柴《はしば》吟って子わかるかな？　この前俺と一緒にいた女の子なんだけど、見かけなかったか？」

梅本君はガクガクと震えていた。幸か不幸か壁に追い詰めるような位置関係になっているせいで逃げられないようだ。

「み、みみ、見てない」

「！」

初めて彼との会話が成立した。こんな状況じゃなければ飛び跳ねて喜びたいところだ。

「わかった、ありがとう。驚かせて本当にごめん！」

俺は言い切って踵《きびす》を返す。しかし即座に背後から、少し威圧的な声が聞こえる。

「しゃ、シャチ！」

俺は立ち止まって再び梅本君と相対する。……できれば名前で呼んでほしかったな。

「おお前、あ、あの子と仲良《い》いの？」

彼は恐る恐る尋ねる。目は泳げるだけ泳いでいて、この場にいたくないと全身から叫び声が上がっているかのようだった。

「仲良く……はさせてもらってる。少なくとも俺はそうしたいと思ってる」

梅本君《うめもと》はブツブツと何かを呟《つぶや》いていた。何も聞き取れなかったが、次第に彼の震えが止まっていっていることだけは見てとれた。危険な奴《やつ》じゃないと判断してくれたんだろうか？

「そ、そういう、奴、だったんだな」

驚いたことに梅本君はほんの少しだけ笑みを浮かべた。しかしそれが何を意味しているのか、考えている暇はなかった。

「急ぐんだ。ま、また！」

俺は会話を打ち切って、あてのない捜索に戻る。もう一度電話をかけてみようと携帯を取り出すと、通知が一件届いていた。

『ごめん、ちょっと一人になりたいです』

群れで生きるペンギンらしからぬ言葉の前に、俺は立ち尽くすしかできなかった。

＊＊＊

俺は何もできずに翌日を迎えてしまった。

吟《うた》とは連絡が取れないままだ。一人になりたいと言われてしまった手前、家に赴くこともできなかった。

これまでの吟は挑戦に失敗してもあっけらかんと前を向いていた。凹《へこ》むところなんて見たことがない。だから予想できなかった。こんなにも落ち込ませてしまうことになるなんて。

どうにか元気づけてあげたい。俺の力不足が招いたことで、吟には何の落ち度もない……なんて言っても吟は認めない気がして、他のふさわしい言葉を探している。

吟は俺に迷惑をかけてしまったと嘆いていた。これは完全な誤解だ。

俺は勉強会の三日間が夢見心地なくらい楽しかったし、すくすく育っていく吟を横で見守るのはワクワクした。時間や労力を割いたのは確かだが俺がそうしたかっただけだし、自分の点数に響いたわけでもない。むしろ吟に教えている内に自分の学力まで上がったくらいで、俺の満点は吟のおかげとすら言える。

吟のことだからきっと、俺を助けるために少しでも良い点数をと思っていたんだろう。だけど吟がみんなの前で俺に数学を教わりたいと言い出してくれた時点で計画は充分成立していた。最高の結果ではなかったからって、迷惑だなんて一ミリたりとも思うはずがないじゃないか。

——などと、頭の中でかける言葉をまとめながら登校する。上手《うま》く会話ができるチャンスがあるといいんだが……。

教室に入るといきなり異常事態が発生した。

まるで俺を待っていたかのように何人かの女子生徒が立ち上がって、こちらを見てきたのだ。

「……？」

思わず立ち止まって凝視してしまった。何事だろう。彼女たちは何の言葉も発さない。ただ伏目がちに、少し怯《おび》えながら、俺を見つめているだけだ。

一人が俺を誘導するように視線を横に流した。その先では吟《うた》が机に突っ伏していて、俺はようやく事態を把握した。

おそらくは、「吟が落ち込んでいる。お前の出番だ」と合図をくれたんだ。

俺は任せてほしいと伝えるため首を縦に振った。すると彼女たちは納得したように会釈だけしてくれた。結局一言も交わさなかったとはいえ、俺はついにクラスメイトとコミュニケーションを取ることができた。

わざわざ俺なんかを頼る前に彼女たちも吟を励まそうとしたはずだ。しかし叶《かな》わず、俺ならばどうだと期待してくれたんだろう。俺は吟を見守る者として信頼され始めたのかもしれない。

……ものすごい変化だ。これは全部吟のおかげなんだよ。

吟には「もらったものばかり数える」と言われたな。でも、仕方ないだろ？　もらったものが大きすぎるんだから。

改めて感謝を伝えよう。そんなもので吟の気が晴れるとは思えないけど、それでも精一杯、君がいてくれるだけで最高なんだと伝えたいんだ。

「あ……」

吟の席に近づいていくにつれて、その小さな背中がある記憶を想起させた。

――あのときと同じだ。東京タワーで俺が迂闊《うかつ》にも彼女が転校してきた理由を尋ねてしまったときと。窓の外を見つめるあの寂しげな背中と、今の姿はピッタリ重なる。

おそらく吟は北海道で悲しい経験をしている。もうこの場所にはいられないと感じてしまうほどの何かが起きた。ひょっとして、この落ち込みようとも関係があるのか？　テストの件で過去のトラウマを思い出して、だからこそここまでの……？

だとしたらもっと放っておけない。俺が吟を元気づけなければ。

「う――」

「待て！」

突如背後からの声。力強く掴《つか》まれた肩。

振り返ると、蓮也《れんや》が血相を変えていた。まるで全力で走ってきたかのように汗だくで、ただならぬ切迫感を漂わせている。

「ツラ貸せ仁野《じんの》。急ぎだ！」

「え？　ちょ……」

有無を言わさず俺を引っ張って廊下に連れ出す。わけがわからず何度も「どうしたんだ」と尋ねても蓮也《れんや》は答えない。俺は一刻も早く吟《うた》を励まさなきゃいけないのに。

階段近くの人気《ひとけ》のないスペースにたどり着いて、蓮也はやっと足を止めた。ようやく聞けた言葉は、謝罪だった。

「悪《わり》ぃ……！　オレの見立てが甘かった！」

蓮也はゼーゼーと息を切らしながら、残った息を全部突っ込む勢いで声を張った。悔しそうに眉間に皺《しわ》を寄せて、唇を噛《か》んでいる。

「ど、どうしたんだよ本当に？」

「聞いちまったんだよ。吟ちゃんの噂《うわさ》」

「え……？」

その瞬間、全身から血の気が引いた。立っていられそうもないくらい足の力が抜ける。

蓮也の深刻な雰囲気が、決して良い噂ではないことを物語っている。

「馬鹿げた噂だ。吟ちゃんはシャチと気が合うくらいヤバい奴《やつ》で、共謀して何かやらかそうとしているって……」

「何だって…………？」

ついに恐れていたことが起こってしまったんだ。

俺のせいで、俺と関わったせいで、吟にまで理不尽な悪評がついてしまった。

「な……何かの間違いじゃないのか？」

「それが……、オレはこの噂を梅本《うめもと》から聞いたんだよ。あの梅本だぜ？　あんなボッチ野郎にまで届いてるってことは相当出回ってなきゃおかしい」

蓮也の見立てはきっと正しい。梅本君は俺に匹敵するほど孤立しているはずなんだ。数人が陰で面白がって言っているレベルの噂ではないいんだろう。

「本当にすまねぇ。オレが軽率だった。お前はあんだけ気にしてたのによ」

「……いや、蓮也のせいじゃない。きっと……時間の問題だったんだ」

考えてみれば当たり前のことだった。どれだけ仕掛けを講じようと、俺が隣にいる時点で悪影響は避けられない。どんな綿密な作戦を立てようと意味なんてなかったんだ。

「全部俺が悪いんだ。俺がシャチだから。俺が獰猛《どうもう》で残忍な奴だから。俺が誰にも信用されない人殺しだから。俺が……俺が……！」

「落ち着け仁野！　そんなに深刻に捉えんな！　吟ちゃんと実際話して危ない奴だなんて絶対誰も思わねぇだろ？　こんな誤解すぐに解けるに決まってるぜ」

蓮也は俺の肩を揺さぶり、懸命に俺を諭そうとする。

「実際クラスん中じゃ吟ちゃんの立場は変わってねぇ。みんな本人がどんな子か知ってっからな。他の奴《やつ》らだっていずれわかる。な？　だから冷静になれ」

「……………」

「ただ、しばらくは軽率に話しかけねぇ方がいい。辛《つれ》ぇだろうけどしばらく耐えろよ。沈静化したら今後はもっと戦略的にやってこうぜ」

蓮也《れんや》の言葉は右から左へ抜けていった。

誤解はすぐに解けるって？　そんな簡単なものじゃないことは俺が一番よく知っている。

俺は噂《うわさ》通りの危険人物に見えるような行いをこれまでただの一度もしていない。むしろ平均よりは真面目《まじめ》な普通の男子高校生だったはずだ。だけど誰が本当の俺なんか見てくれたっていうんだ。みんな俺の行動を曲解し、煙のないところに火を放ち、無責任に尾ひれをつける。悪意も加担している意識もないのだから自然には決して止まらない。

これから吟《うた》があの苦しみを味わうかもしれないと思うと震えが止まらなかった。

「もう、いい……」

潮時だ。

「もういいんだ。俺は二度と吟と関わらない」

どう考えてもそれが最良の選択肢だ。俺にできることは曲解するきっかけすら与えないこと。もう二度と吟の傍《そば》に立たないことだけだ。

「仁野《じんの》……何言ってんだ……？」

「言葉の通りだ。俺なんかに近づいたからこうなった。だったら俺と離れるしかないだろ」

「待てよ。オレの話聞いてたか？　しばらく耐えるだけでいいんだよ。吟ちゃんは良《い》い子だ。アホな噂なんて跳ね返してくれるぜ」

「吟は俺とは違うから、そんな未来もあるかもしれない……。でも、俺が横にいる限り絶対に無理だ。せめて邪魔にならないように俺は消える」

俺との付き合いは全部なかったことにして、視界にも入らないくらい遠くに行かなきゃいけない。いつか忘れ去ってくれと、一人闇の中から祈る程度のことしかできない。

「諦めんなよ……！」

蓮也は苦しそうに眉根を寄せて、俺に訴えかける。

「そもそもお前だってマトモな奴じゃねぇか。シャチなんかじゃねぇ。いっつもどうしたら吟ちゃんが幸せになれるか考えてる優しい男だ。お前と同類ってのが悪口でも何でもなくなる時が来る」

「もう来ない。吟と一緒にいればあるいはと思ってたが、俺が吟を引《ひ》き摺《ず》り下ろす力の方が強かったんだ。その結果がこれだろ？」

「今までオレだって協力してきたんだぜ？　全部無かったことにするって言うのかよ？」

「……悪い。蓮也が気にかけてくれたのは本当に嬉《うれ》しかった。だけどもう、無理なんだ」

俺の頑《かたく》なな態度に蓮也《れんや》の顔が歪《ゆが》んでいく。瞳孔が小さくなり、俺を睨《にら》みつけた。

「吟《うた》ちゃんはお前を気に入ってんだぞ!? 誰にでも懐く子が、誰といるときよりお前の側《そば》で一番はしゃいでんだぜ!? お前はその手を振り払うってのか!?」

「ああ、そうだ！」

「吟ちゃんはお前の株を上げるために必死で勉強してたんだぞ!? だけど思うようにいかなくてあんなに凹《へこ》んでる。そんな吟ちゃんにもうこれっきりにしようって言うつもりなのかよ!?」

「ああ、言うさ！ 吟が何の気なしに俺に話しかけてしまう前に釘《くぎ》を刺しておかなきゃいけないだろ！」

どんなに怒鳴られたって曲げられない。殴られても蹴られても変わらない。吟の幸せが最優先だ。きっと俺なんかと手を切って良かったと思う日が来る。

蓮也は牙を剥《む》き出しにしたサメのように、禍々《まがまが》しさすら孕《はら》んだ表情で俺に迫る。

「お前は本当にそれでいいのかよ!? 吟ちゃんが好きなんだろ？ もっと足掻《あが》けよ！」

「好きだからだ！ 吟に俺と同じ目に遭ってほしくない！ お前は知らないだろ……!? 根も葉もない噂《うわさ》で誰からも忌み嫌われる地獄を！」

俺が一年間沈められていた孤独で惨めな世界。あんなもん吟には欠片《かけら》も知ってほしくない。吟は周りに愛されて、笑顔の中にいるべき人だ。

蓮也は吐き捨てるように言う。

「……お前はまだ吟ちゃんが隣にいるからギリギリ周りと繋《つな》がり始めたところだ。吟ちゃんと離れるってことは、お前はまたその地獄に行くんだぞ？」

「構わない。それで吟を守れるなら」

迷いはない。俺が勝手に苦しいだけだ。死にそうなほど辛《つら》いだけだ。それがなんだと言うんだ。

蓮也は何かを曖昧に口ごもって、しかしもう何も言わなかった。悲痛な表情を浮かべたまま、俺に背中を向けて去っていく。

「馬鹿野郎が。オレともこれっきりだからな……！」

去り際に放たれた捨て台詞《ぜりふ》が、殴られるより蹴られるより痛かった。

＊＊＊

老朽化著しい俺たちの家。

声が通るように窓を少し開けて、俺たちは互いに背を向けて座っている。

俺は家の床、吟はハンカチを敷いたベランダ。日が沈み始めて赤味《あかみ》を帯びた部屋は、このまま燃えて消えてしまいそうに見えた。

「寒くないか？」

「平気。ちゃんと学習したもん」

空々しい俺の気遣いに、吟《うた》は一応返事をくれた。

「じんじん、私は怒ってるよ？」

「……ああ」

「急に『もう関わらない』なんて送ってきてさ、私は今日一日泣かないように耐えてたんだからね。ただでさえ落ち込んでるっていうのにさ」

吟は訥々《とつとつ》と語る。無理に笑顔を作っているのが声色だけでわかる。

「……ごめんな」

俺は謝ることしかできなかった。吟のためを考えたら間違いない選択だったはずだ。だけどそれで吟を傷つけているんだから世話ない。

下手くそなのは自覚してる。だけど俺は、どうしても吟が大事だったんだ。

「なによりさ、私は一人で決めないでほしかったよ。私はじんじんを一人にしないようにって、ずっと考えてきたんだから」

「……ごめん」

「謝ったって許さないもん。相棒だと思ってたのに」

「本当に……ごめん」

「許さないって言ってるじゃんか。だから……、だからね、謝ってないでもう一度考えてみようよ……」

　吟の声が震えていく。俺もどんどん胸が苦しくなってきた。吟がこんなにも傷ついてくれるなんて思わなかったから。せめてできるだけ誠意を持って話をするべきだ。

「変な噂《うわさ》に立ち向かおうって話だったのに、噂に負けてちゃ意味ないじゃん。こんな終わり方でいいの？」

「納得はしてない。けど仕方ないんだ。吟を巻き込んで俺と同じところに引《ひ》き摺《ず》り込むなんて絶対に嫌なんだ」

「気にしないで一緒にいたら噂なんて消えちゃわないかな？　私たち別に結託して悪いことしようとしてるわけじゃないでしょ。二人とも怖くもなんともないって、そのうちわかってもらえないかな？」

「俺と居てももっと状況が悪くなるだけだ。俺はそれが怖いんだよ」

　シャチの恐怖は俺の想像以上に根深かった。人に愛されるために生まれてきたような吟さえも、道連れにして海底に沈んでしまうほどに。

　シャチとペンギンは仲良し計画はきっと最初から破綻していたのだろう。続けていけばいくほど、吟の評判はもっと悲惨なものになっていくのはもはや目に見えている。

　……今までの会話の流れから、吟は食い下がってくるかと思った。だけど吟は声音を一層暗くして、噛《か》み締《し》めるように一言だけ呟《つぶや》いた。

「私は……役立たずだもんね」

風の中に溶けてしまいそうなか細い声。だけどどんな叫びより俺を駆り立てた。

それだけは違う。

俺は咄嗟《とっさ》に立ち上がって、やっと吟《うた》の方を向いた。

「吟のおかげだって思うことが何度も何度も起きたんだ。役立たずなはずあるか。出会ってからずっと、俺は吟に救われっぱなしだった」

確信を持って言える。たとえ失敗に終わったとしても、吟と出会ってから今日までの日々は人生で最良の瞬間だった。

「そう思ってくれるのは……ありがと。でも、そっか。なんか急に納得できちゃったよ」

「え？」

「これからの計画はさ、じんじんが私に何かを教えて助けてくれる姿を見せるって話になってたでしょ？　だったら私はもう、ここで身を引くべきなのかも。だって私は教えてもらったって何もできないんだもん……」

吟は膝を抱えて小さくなった。俺はもう吟にとっての海を探せなくなるのだと、今更ながら気がついた。結局とっかかりすら見つけられなかった。吟にこんなことを言わせてしまうなんて、役立たずはこっちの方だ。

「テストのことなら、あれは――」

「力及ばずでした。……私ね、できないだけなら次は頑張ろうって思えるの。でも、できないせいで人に迷惑をかけちゃうのは耐えられないや」

「迷惑なんかじゃない！　俺は吟と一緒にいられるだけで幸せだった。結果なんて関係なかった。あんなに頑張った吟を本当に尊敬してる」

吟は少しだけクスッと笑って、だけど自嘲気味に囁《ささや》いた。

「じんじんは優しいから、そう言ってくれるよね……」

おもむろに吟は立ち上がって、敷いていたハンカチを拾い上げた。体はベランダの外に向けたまま、風で靡《なび》く長い髪を撫《な》でつける。

「ねぇじんじん、最後に聞くけど……」

最後という言葉に、俺が動揺するなんて理屈が通らない。だけど心はそうもいかないから、せめて揺れていないみたいに取り繕った。

「ここで会うだけならどう？　私とじんじんしか知らない秘密の通路があって、会おうと思ったらいつでも会える。誰にも見つからない。きっと楽しいよ」

そんな未来があるならどれだけいいか。明日《あした》が来るのは楽しいことだと吟に教わった。

だけど、もう甘えるのは終わりだ。

「吟は俺を助けるために一緒にいようとしてくれたんだろ？　残念だけどもうその目的は

果たせないから……、俺なんかに構ってるより他の誰かと楽しく過ごしてほしい」

吟《うた》の長くて深いため息が、俺たちの間に線を引くように流れていった。

「……全然わかってないんだね、じんじん」

何だって過剰なくらい褒めてくれた吟が、初めて本気で呆《あき》れていた。

「最初はそうだったよ。でもすぐに変わった。私もね、じんじんと一緒にいるのが好きだったの」

吟は振り返り、涙を溜《た》めた瞳を見せる。

「それは忘れないで」

ペンギンのように小首を傾《かし》げて、俺の顔を覗《のぞ》き込《こ》んだ。

「離れても、それだけは忘れないで」

第五章　俺が君を求めたように

以前に戻るだけだと思っていた。

甘い考えだった。最初から空っぽなのと、一度手に入れて失うのとではまるで違う。

寂しさに喪失感まで伴って、少しずつ心をヤスリで削られるような痛みがいつまでも続いている。吟《うた》の声が聞こえてくるだけで苦しくて、俺はもう空き時間に教室にいることすらできなくなってしまった。

閉鎖された屋上へ続く階段。腹痛のふりをした吟を連れてきた場所。熱帯魚事件の真相を話し、信じてもらった場所で、俺はただ座って昼休みが終わるまでやり過ごしている。

スマホで電子書籍を開いて、すぐにまた閉じる。

「もう意味ないよな……」

一人ごちて虚《むな》しくなった。無駄に知識を詰め込んだって吟のために使うことはもはや許されない。結局俺は何の役にも立てなかった上に吟に悪評を押し付けて、俺自身も後退してしまった。シャチとペンギンは仲良し計画は、最悪の結果に終わったんだ。

――せめて、吟にまとわりつく噂《うわさ》だけでも払拭しなければ。

俺なんかの同類だと思われてこの学校で居心地よく過ごせるはずがない。幸いクラスの中で見る限りは吟の日常はまだ変わっていないように見える。だけど噂だけを先に耳にした他のクラスや学年の人は吟をどう思うか。憶測だけでどんな罵詈雑言《ばりぞうごん》を楽しげに語るか。

何か手を打ちたい。だが俺が大っぴらに吟のために動くほど吟の評判は落ちていく。クソ、だからといって何もしないわけにはいかないだろ。考えろ。これ以上無能を晒《さら》すな。

何か……何か……！

「じじじ、仁野《じんの》君」

「！」

突然誰かに呼びかけられた。顔を上げるとそこには意外な人物が立っていた。

「梅本《うめもと》君……？」

自称進学校の自称ヤンキーなどという蔑称を当てがわれて苦しんでいるであろう、真の意味での俺の同類。

彼はオドオドと落ち着きない様子で目を泳がせ、それでも逃げ出さずに立っている。

「お、俺に何か用か？」

いつか話がしてみたいと思っていた。まさかあっちから声をかけてきてくれるなんて。

しかし、今になってなぜ？

梅本君はすぐには答えなかった。百六十前後の小柄な体は猫背でさらに縮こまっていて、伏目がちに長い前髪をいじっている。しかしやがて意を決したように、どもりながらも一生懸命に語り始めた。

「こ、この前突然……、羽柴《はしば》さんに頼まれたんだ。きき君と、友達《ともだち》になってくれないかって」

「え……？」

吟《うた》が、俺のために……？

離れてもなお俺を一人きりにしないようにと気を回してくれたっていうのか？

「しょ、正直言って、戸惑ったよ。ぼぼぼ僕は、君の、怖い噂《うわさ》をたくさん聞いてた。だから、羽柴さんから詳しい事情を聞いてみたんだ。き、君と羽柴さんが、その、やっていたことを……。まだ半信半疑だよ。あのシャチが、実は怖くない、なんて……」

彼はまだ俺に怯《おび》えている。今にも走り去らなければと全身がアラートを鳴らしているように見える。なのに話をしてくれているのはきっと——、

「で、で、でも！　仁野《じんの》君が羽柴さんを気にかけているっていうのは本当だと思ったよ。にに荷物を、持ってあげたりとか……。心配そうに羽柴さんを探しているとことか、み、見てたから……」

半信半疑の半分は吟がくれたものだ。俺一人では決して成し得なかったこと。

とはいえ半分だけでは「友達になって」なんてお願いは過大だったのだろう。彼はただ気まずそうにしばらく立ち尽くしていた。

——それでいて、立ち去りはしなかった。

「じ、んの、君。……き、君はこのままでいいの？」

「え……？」

「もも、もう関わらないことにしたって聞いた。だけど、羽柴さんは寂しそうだった。き、きっと、君だって本心ではそうなんだよね？」

「あ、ああ……」

梅本《うめもと》君は初めて俺と目を合わせた。半分前髪で隠れた瞳から、何かを強く訴えかけてきた。

「ぼぼ、僕は、まだできることがあると、思うんだ！」

「え……？」

突然のことに今度はこっちが激しく動揺した。色んな疑問が頭に浮かんで二の句を継げない。できることって、俺が吟に、ってことか……？

「羽柴さんが、君と同類扱いされるのが困るっていうなら、……き、君が、君の方が、変な噂をされない立派な人になればいいじゃないか！」

蓮也《れんや》も似たようなことを言っていたな。それができれば苦労はしない。俺は一年間どう抗《あらが》ってもシャチの汚名を払拭できなかったのだから。

一人になってしまった今、俺には何の希望も――、

「ぼ、僕が、協力する。羽柴さんから聞いたんだ。偽装ヒーロー作戦ってやつを。僕が、

悪役をやるよ！」

「何だって……!?」

それは衆人環視の元でピンチになった吟《うた》を俺が助け出すという作戦。シャチとペンギンは仲良し計画において、最も効果があると期待されたものだ。吟が思いついて、悪役の不在で先延ばしにした切り札。

「ぼぼ僕が不良役になって、羽柴《はしば》さんに、な、何か、悪いことをしようとする。君が僕から羽柴さんを、助け出す！　きっとみんなが……君を見直すよ！」

「そ、それは……」

彼が言った通りの作戦が実現したらと考えたこともあった。シャチと恐れられる俺がペンギンみたいな吟を救うインパクトは大きい。

しかし、残念ながらもう遅い。

「ありがたいけど、もうその手は使えないんだ。俺が吟を守ってもかえって吟の評判が……」

俺が吟と接点を持つこと自体が危険になってしまった。俺が「吟を守ったヒーロー」なんて思われるより、「羽柴吟はシャチの仲間」という印象を強調してしまうだけに終わる可能性が高い。学校中が恐れる男を味方につけて調子に乗っている女とか、酷《ひど》い方向に噂《うわさ》が加速する結果になりかねない。

梅本《うめもと》君は折れなかった。それどころか、さらに前のめりになって熱弁する。

「そ、そんなの、やり方次第だよ。きき君は、学校中が注目している中で不良から羽柴さんを守る。だけど、……その女の子が誰なのかは、誰にもわからないようにすればいい」

「……？」

何を言っているのか理解できなかった。目撃されながらも被害者が誰かは伝わらない？

梅本君は少しだけ、得意げに口角を上げた。

「校内放送を使うんだ。姿は見せない。声だけで、君が僕から女の子を救い出している様子を聞かせる」

「声……そ、そうか……！」

声だけで吟だと判断できる人間なんてまだほとんどいない。吟を不良に助けられた正体不明の女の子にすることは難しくない。しかも校内放送なら文字通り全校生徒に問答無用で届けられる。

「もももちろん、相手が羽柴さんだってことに特に意味があったのは理解してる。それに、き、君の、噂は根深いから、完全に悪評を振り払うことはできないと思うけど……。少しでも印象が改善されれば、それだけ羽柴さんの悪評も薄まる。やらない手はないよ」

少しだけ光が見えてきた気がした。彼の言う通りだ。どんなに効果が小さいとしても、吟を思うならできることは全部試してみるべきだ。

だけど俺は素直に首を縦に振れなかった。

「梅本《うめもと》君が吟《うた》に何かをした犯人として処分を受けることになるだろ？　君を犠牲にするわけにはいかない」

全校生徒に知れ渡る大騒動だ。きっと梅本君は生徒指導室送りになる。彼を踏んづけて自分は救われようなんて、無責任で身勝手過ぎるじゃないか。

「………やっと本気で君を信じられる」

梅本君の強張《こわば》っていた体から力が抜けていくのが見て取れた。虚《うつ》ろだった瞳に光が灯《とも》る。

「心配いらないよ。放送の中で僕の名前も出さなければいい。サッと逃げちゃえば犯人も正体不明だよ。僕の声なんて誰も知らないし、僕が本当に悪いことをできる人間だなんて誰も思ってないんだ」

彼は自嘲気味に笑う。なるほど、〝自称〟と揶揄《やゆ》されていることすら利用するってわけか。

「放送で名乗らなきゃいけない仁野《じんの》君と、もしかしたら羽柴《はしば》さんも、事情聴取を受けることにはなると思う。そのときは僕の名前がわからないことにしてごまかしてくれると嬉《うれ》しい」

「……俺は孤立してるから知らなくても当然だな。吟も転校生でこの学校の事情には疎《うと》い」

それぞれの事情を利用すれば違和感なく犯人役を隠蔽できるようになっている。上手《うま》くやれば大事にはならない。……すごいな、よく練られている。

しかし、解《げ》せない。一番の謎が解けないままだ。

「どうして俺なんかのために手を貸してくれるんだ？」

怖がりながらもこの作戦を提案しに来てくれた理由も、俺に発破をかけてくれる理由もわからない。梅本君を犠牲にするのは忍びないと言っていた吟が依頼したとも思えない。

「それを説明しようとなると……、まずは僕の身の上話を聞いてくれるかな？」

俺はもちろんという意味を込めて首を縦に振った。

「実は僕、中学のころヤンキーたちにいじめられてたんだ。最悪だったよ。めちゃくちゃな命令をされて、逆らえば殴られて……」

「それは……辛《つら》かったな……」

「うん。だから高校ではそんな目に遭いたくなかった。だけど僕は自分がどうしていじめられたのかわかんなくて、普通にしてたらまた繰り返すんじゃないかって、怖かったんだよ」

泣き出しそうな悲壮な声にこちらの胸まで苦しくなった。いっそ彼を傷つけた奴《やつ》らをシヤチの悪名で震え上がらせられないかと考えてしまうくらいに。

「だから自分を変えようとしたんだよ。自分がヤンキー側に立てばもういじめられないだなんて考えて……。結局失敗して自称進学校の自称ヤンキーになっちゃったってわけさ」

梅本《うめもと》君は悔しそうに拳を強く握り締めて、過去の自分を嘆くように呟《つぶや》く。

「できやしないのに本当にバカみたいだ。僕は人を傷つけたり何かを奪ったりするのは嫌だったんだ。結局弱虫だよ」

「……君は強いよ」

弱いのはむしろ彼をいじめていた奴《やつ》らだ。梅本君は間違ったことをしなかった。〝自称〟ヤンキーで留《とど》まれたのは正しさの結果だ。

「でも、僕は本当に弱虫なんだよ。できないならやめたらいいのに、今更引くに引けなくなっちゃったんだ。急にやめてもそれはそれでバカにされそうだったからね」

「あり得るな。この学校の奴らの手にかかれば……」

結局嘲笑を買うのは避けられないだろう。がんじがらめだったんだな。まるで俺みたいだ。

「僕はもう自分じゃどうにもできなかった。だから羽柴《はしば》さんから君の話を聞いたとき、本当なら羨ましいと思ったよ。僕と同じように八方塞がりの状況だったところに、誰かが救いの手を差し伸べてくれたんだから」

「そう……だよな」

「でもさ、羨ましがってるだけじゃこのまま僕は誰とも関われないまま終わると思った。

だからいっそ、僕も羽柴さんみたいな助ける側になろうと思ったんだ。そっちなら君みたいな幸運を待たなくても、自分から飛び込めばいいんだからね」

俺は崩れ落ちそうだった。

「梅本君……君はすごい奴だ……」

もし逆の立場だったら俺は彼のような発想が湧いただろうか。考えたとしても行動に移せただろうか。対面するだけで足が震えるような相手を助けようなんて思えただろうか。

「……羽柴さんを見習っただけだよ。あんなペンギンみたいな子が、シャチと恐れられてる君に向って行ったんだ。僕も頑張らなくちゃって思わせてくれたんだよ」

「吟《うた》は……いつだって吟なんだな……」

吟はファーストペンギンだ。後ろに控える群れの仲間に道を切り拓《ひら》いて、飛び込む勇気をくれる。

彼との繋《つな》がりも、勇気も、作戦も、吟がもたらしてくれたもの。話せなくなった今でも吟は俺に糸を垂らしてくれている。

だったら全力で掴《つか》まなきゃ嘘《うそ》だよな。

「梅本君、本当にありがとう。俺からも何か……君に返せればいいなと強く思う」

「ハハ、じゃあまずは、僕たち本当に友達《ともだち》になろうよ」

それじゃ俺が嬉《うれ》しいだけだ。恩返ししなきゃいけない人が多すぎる。吟も、蓮也《れんや》も、梅本君も、世界は俺が想像していたよりずっと優しいのだと教えてくれた。それだけでもう感謝しきれない。

「まあ、そこはおいおい考えてもらうとして、今は作戦に集中しよう」

梅本《うめもと》君は真剣な表情で告げる。

「実は羽柴《はしば》さんとは話がついてる。君が頷《うなず》いてくれたら、すぐにでも」

「わかった。やろう」

決行するなら吟《うた》の噂《うわさ》が広がってしまう前に、一秒でも早く。誰がどこにいるかわからない昼休み中であれば被害者と犯人の特定はより難しくなる。今が最速で最良のチャンスだ。

俺たちは放送室に向かった。吟が繋《つな》げてくれた味方と、逆転の一手に挑む。

＊＊＊

放送室にはすでに吟が待機していた。

「じんじん！」

扉を開けた途端に満面の笑みでお出迎え。両腕をフリッパーのようにパタパタさせる姿は相変わらずのペンギンっぷりで、たった一週間離れていただけなのに向き合うと涙が出そうだった。

「……吟、ありがとう」

迷って探して、結局これしか出てこなかった。俺は一体どれほど吟に感謝をすればいいんだろう。吟は諦めないでくれたんだ。俺は投げ出してしまったのに。

「お礼を言うのはまだ早いよじんじん。あ、あと私にお礼するのは変かも。全部梅本君が考えてくれたんだから」

「いいんだよ。無理してヤンキーを気取ってたときより気分が良《い》いんだ。僕もすごく良いきっかけをもらったと思ってる」

梅本君は長い前髪の裏でまなじりを下げる。元は弱々しい印象だった彼が今は頼もしい。彼は作戦の途中に誰か入ってこないようにと入り口に鍵をかけ、俺と吟の顔を順番に見つめた。

「さあ、始めよう！」

キャストは揃《そろ》った。ヒロインは吟、悪役は梅本君、そして俺は分不相応にもヒーローを務め、偽装ヒーロー作戦がついに動き出す。

「具体的な流れを詰めていくよ。まずは想定する状況だけど――」

梅本君は話しながら奥にある放送機材の方へと移動していく。俺と吟は黙って彼についてて行った。

「僕と仁野《じんの》君が揉《も》み合ってこの辺りまで雪崩《なだれ》こむ。そして取っ組み合いをしているうちに放送開始ボタンを押してしまう……という設定だね」

　彼はマイクの横にある赤いボタンを指差した。事故で放送は開始され、俺たちはまさか学校中に流れているとは思っていないかのようにヒーローとヤンキーの対決を演じる、という流れだ。

「立ち位置は仁野《じんの》君がマイクの近くがいいかな。君のセリフを一番クリアに届けたいから」

「わかった」

「僕と羽柴《はしば》さんは少し離れよう。遠くから聞こえた方がむしろリアルだと思う。かなり大きい声を出さなきゃいけないけど大丈夫？」

「うん！　騒ぐのは自信あります！」

　梅本《うめもと》君は吟《うた》を引き連れて数メートル離れる。通常あり得ない「遠くからの声」はこの放送が意図されたものではないと伝えてくれる。学校中の生徒が不思議に思って耳を傾けてくれそうだ。

「じゃあ次は具体的なセリフを考えていこうか。仁野君の名前を出すことが必須条件だね。あ、でもここは『シャチ』の方がいいかもしれない」

「そうだな。そっちしか知らない人が多いだろうし、あの『シャチ』がと思ってもらえそうだ」

梅本君は一つ頷《うなず》いて、吟に視線を向ける。

「それと、女の子の声も必要だね。あまり喋《しゃべ》ると羽柴さんだとバレちゃうから、僕に口を塞がれているって設定にする」

吟は勢いよく挙手した。

「梅本君とちょっと会議したんだけど、口にガムテープ貼ってワーワー言うことにしたの！」

「そ、そこまでする必要あるか？　自分の手で口を押さえてれば……」

「うっかり喋っちゃうことがないようにしたいの。私は私があんまり信用ならないので！」

自信たっぷりな宣言。まあ、吟の演技力はちょっと可愛《かわい》いのでそれもありか。

梅本君が近くの棚からガムテープとハサミを取り出し、十五センチほどの切れ端を作って吟に渡す。吟は「こんな体験なかなかできない！」とばかりに目を輝かせ、早速自分の口に貼り付けた。

――その瞬間、梅本君は不思議な表情を見せた。

なんと表現すればいいのかすぐには言葉が見つからなかった。笑っているようには見えたが、吟の気が早い行動を素直に面白がっているようには思えなかった。順調に進む準備にワクワクしている雰囲気でもない。

少しずつ不気味に歪《ゆが》んでいく唇が、俺に悟らせる。

その笑みの意味は…………「しめた」だと。


「ふ、二人とも動くなァァ！」


甲高い絶叫が響く。

光が消えたギョロっとした瞳が、俺を舐《な》めるように足元から頭へと向けられていく。

「な……何だ……？」

何が起こっているのか理解できなかった。しかし、予告なく作戦が開始されたわけではないことだけは明白だった。

彼は右手に持ったままのハサミを全開に開き、片方の刃を吟《うた》に突きつけていた。

「……っ!?　〰〰っ!?」

声を奪われた吟は何もできず立ちすくんでいる。

あまりにも唐突で理解不能だった。だが動揺している場合じゃない。吟に刃物を向けるなど万死に値する。飛びかかって取り押さえたいが、……たった数メートルの距離が厄介だ。

「何してるんだ！　そのハサミを降ろせ！」

「僕の許可なく喋《しゃべ》るなァッ！　一歩も動くなよ！　この女がどうなってもいいのかァッ!?」

俺もピシャリと言葉を封じられ、否応《いやおう》なく指示に従う。吟を危険に晒《さら》すわけにはいかない。クソ、一体何なんだ!?

「そうだ、大人しくしてろよォ。おっと、そうだ。お前も武器を持ってるとか言わないよなァ？　ポケットひっくり返して見せろ！　あるもの全部出せェ！！！」

ゆったりと不快感のあるリズムで語りながらも、奴《やつ》はハサミをチラつかせている。俺は言われた通りポケットを裏返し、入っていた鍵と携帯を床に投げ捨てるしかなかった。

「アッハッハァ！　僕ってスッゲェ～！　ぜ～～～～んぶ思い通りじゃんっ！」

彼は俺の疑問に何の答えもくれないまま自己陶酔に浸っていた。さっきまでの頼もしい姿とも以前の怯《おび》え切った姿とも違う。一目でまともな会話は成立しないと痛感させられるような禍々《まがまが》しいオーラを放っている。

「すっかり騙《だま》されたなァ、シャチ。クックック……、僕の話は全部嘘《うそ》なんだよォ。お前と、この人質を、自ら望んでここに来るように仕向けるためのなァ～……！」

「!?」

嘘だと？　一体何のための？　相変わらずさっぱり理解ができず、事態の唐突さにまだ面食らっていた。全て計画的に行われたのだとしたら一体何が目的なんだ？　俺にここで

何をさせようっていうんだ……⁉

「ホントのこと言うとさァ、僕はお前がずっと憎かったんだよシャチィ……！　や〜っと復讐《ふくしゅう》できると思うと涙が出てきそうだよォ〜……！」

「……？」

恨まれるような覚えはない。存在を知ったのすら最近で、初めてまともに喋《しゃべ》ったのはついさっきだ。

「何が学校中に恐れられるシャチだ。何が人を殺しかねない危険人物だ。……そのポジションはなァ、僕が収まるはずのものだったんだよォっ‼」

奴《やつ》は自分の言葉で徐々に怒りを増幅させていき、瞳孔を開いていく。

「僕が全校生徒をビビらせてやるはずだったんだ！　中学までの僕とは違うっ！　全員を恐怖で跪《ひざまず》かせて、誰も僕を見下さないっ！　そうなるはずだったのにィ‼」

「……っ」

身の上話の部分だけは事実だったというわけか。奴はかつてのトラウマから自分を変えようと、俺が地獄だと思っていた場所に自ら立とうとしていた。だがその企《たくら》みは失敗し——、

「お前のせいだ！！！　お前みたいなバケモンがいるから僕は偽物《にせもの》扱いだっ……！　どいつもこいつも僕をバカにしやがるっっっ！　全部お前のせいだろうがァ〜！！！」

あろうことかその原因を俺に押し付けたのだ。

――馬鹿げてる……！

逆恨みも甚だしい。しかも俺のせいで吟《うた》まで巻き込んでしまった。理不尽も大概にしてくれよ……！

しかし、冷静でいなくては。今は吟を守ることが最優先だ。

奴は吟を「人質」と呼んだ。俺への恨みを晴らすために吟に危害を加えようとしているのではなく、吟を無事に返すのと引き換えに俺に要求を叩《たた》きつけようとしているらしい。

素直に従えばこの場は乗り切れるはずだ。

「だがなァ、シャチ。賢～い僕はお前を痛めつけるんじゃなく利用することにしたんだよ。……お前、僕の舎弟になれ」

「舎弟、だと？」

「僕の配下についたと、自分の口で、全校生徒に言え。僕はあのシャチを従える恐怖の存在に成り上がるって寸法だよォ……！　天才的だろォ!?」

要求と同時に、俺がなぜ放送室に誘い込まれたのかも理解した。

「僕に逆らう奴は殺すと言え。血を抜き取って魚に飲ませると言え。た～っぷり丁寧にお前の恐怖を染み込ませるんだァ……クックック、それが全て僕のために働く……っ！」

梅本《うめもと》はとっておきのご馳走《ちそう》に思いを馳《は》せるような、うっとりとした目で声を弾ませた。

あのシャチを従えているとなれば、奴《やつ》の立場は劇的に変わるだろう。誰も今までのように奴を見下さず、憐《あわ》れまない。自分で喧伝《けんでん》しても誰も信用しないだろうが、俺の口から直接宣言させれば話が変わる。

俺への復讐《ふくしゅう》を果たすと同時に自らの名誉挽回《めいよばんかい》を図る一挙両得の策というわけか。俺を思いのまま操るため吟《うた》を人質に取り、放送中に吟が余計なことを言わないようにガムテープを貼るように誘導までしている。憎らしいほど手が込んでいる。

「ず～っと前からお前を配下にする方法を探ってたんだよォ。放送室を使うってアイディアまでは思いついてた。だけどシャチが素直に言うこと聞くはずないし困ってたんだ。そこで目をつけたのがこの女ってわけ」

「……っ！」

「クックック、どうやらこの女には随分ご執心のご様子で……。お前が意外と言葉が通じそうな奴だとわかったのも収穫だったよォ……！」

奴は俺と吟の交流を目撃していくうちに吟が俺の弱点だと認識したんだ。人質として利用価値があると。そして俺が意思疎通も不可能な異常者ではないことにも気づいた。

……皮肉にも、シャチとペンギンは仲良し計画が効いたってことになる。

「だけどこの女は邪魔でもあった。こんなのほほんとした女とよろしくやってるようじゃせっかくのシャチのイメージが台無しだろォ？　だからまずは噂《うわさ》を流してやったんだ。この女もシャチと同類だとなァ」

　――全身から血の気が引いていった。

「お前が……？」

　思わず声が漏れる。

「お前が流したのか……⁉」

　コイツだったのか……！　吟に不名誉な評判を与え、俺と吟を分断したのはこの男だったんだ！　コイツの……コイツのせいで……っ‼

「僕は親切のつもりだったんだけどねェ～。同類同士仲良くすればいいと思ってさァ～」

「ふざけるな！　絶対に許さないぞ！　お前のせいで吟が……っ！」

　怒りでどうにかなりそうだ。拳を強く握りすぎて爪が食い込む。奥歯が砕けそうなほど歯を食いしばる。

「まあ僕としても予定が狂ったよ。ククっ、良《い》い方向にだけどねェ……。噂が広まるのを待ってからこの女に近づこうと思ってたのに、こいつの方から転がり込んでくるとはね」

　吟が俺と友達《ともだち》になってくれと頼みに行ったときの話か。コイツからすれば渡りに船だったのだろう。梅本《うめもと》も梅本である意味俺と「友達」になろうとしていたのだから。

「どうやら僕が流した噂が導いた結果らしいねェ。お前と引き離せたのは都合が良かったよ。お前ら二人の企《たくら》みを聞けたのも大きかった。偽装ヒーロー作戦とやらに上手《うま》く便乗すれば、この場に平和的にお前らを揃《そろ》えることは難しくなさそうだった。で、結果がコレってわけさァ」

俺たちに協力するという体裁なら俺も吟《うた》も何も疑わずに放送室に来てしまう。扉に鍵をかけたのも、俺をマイク側に置いて距離を取ったのも、吟の口を塞いだのも、偽装ヒーロー作戦の一環だと言うのなら何の不思議もなかった。

俺たちを信じ込ませる口車も巧みだった。奴《やつ》が本性を現しても俺は驚くばかりで、咄嗟《とっさ》の対応なんてできるはずもなかった。まるで吸い込まれるようにまんまと奴の術中にハマってしまっている。

——だが、肝心な目線が抜けている。

「吟さえ取り返せばお前に従うつもりはない！　放送で舎弟になるなんて言ったとしても、お前の状況は変わらないぞ！」

「ククク、頭良《い》いって聞いてたんだけどなぁシャチ。お前がこの女を取り戻すのはもう不可能なんだよ」

「何を言ってるんだ？　まさかこのまま永遠にそのハサミを持って放送室に篭《こも》るつもりなのか？」

「違うよバーカ。こんなハサミ、お前にこの場で僕の話を大人しく聞かせる以上の意味はないんだよ。仮に僕が武器を持っていなくても、この女と物理的に離れても、この女は僕の人質であり続けるんだ」

梅本《うめもと》は挑発的にニヤけてハサミをチラつかせた。

「だって僕は、今後お前が僕の気に障《さわ》る行動をしたら、その報復にこの女を傷つけに行くつもりだからねぇ」

「そんなこと許すと思うのか？　俺が力ずくで止めてやる」

「できないよ。だってお前、もうこの女に近づけないんだろ？　僕が何しようがこの女を守れない。近くで見てるだけでもこの女の評判はガタ落ちだもんなァ……！」

「……っ！！！」

俺は吟を守れない。吟の名誉を犠牲にしない限り。俺が必死になって吟を守ろうとするほど、梅本が流した噂《うわさ》が信憑性《しんぴょうせい》を増していく……！

「どこまで腐ってやがるんだ！　クソっ！　絶対に許さないからな！」

「ムカつくなら好きに仕返しでもすればいいよ。僕はお前への仕返しをこの女にするだけさァ」

「この野郎……っ！」

この場で吟を取り返したところで事実上吟は人質のままだ。俺は永遠にコイツに刃向かえない。吟を傷つけられるくらいなら素直に従った方が数億倍マシだ。

こいつ自身は俺が放送している間物音一つ立てず静観して自分の存在を隠蔽するんだろ

う。俺も吟《うた》も迂闊《うかつ》に告発できないとなれば、この部屋で起きたことは外部に露呈しない。処分は期待できない。

これだけの悪行を一切自分の手を汚さずに完遂しようとしている。自称と揶揄《やゆ》されるほどヤンキーらしいことができなかった弱腰な性格が皮肉にもこの狡猾《こうかつ》な作戦を生んだのだろう。悔しいが対抗策が見つからない。

「クックック、シャチの分際で大事なものを作るのが悪いんだよ。これは罰だぞシャチ」

「罰だと……？」

「お前の傲慢な振る舞いが招いた罰だっ！　散々周りをビビらせてさぞ気分が良かったんだろうな!?　お前みたいな奴《やつ》が存在するだけで他の人間は萎縮して生きた心地がしないんだぞ！　自分の暴力性を自覚しろクズがァ！！！」

「…………」

胸が痛かった。俺がシャチであるせいで誰かが傷ついているのは事実なんだろう。梅本《うめもと》の心を歪《ゆが》めて凶行に走らせたのも俺に一因があるのかもしれない。だとしても……。

「さあ、早くやれよシャチ。もう授業が始まってる。みんな席に着いてじっくりとお前の演説を聞いてくれるなァ……」

俺だって好きでシャチになったわけじゃない。みんなに嫌われるのが嫌で、自分がいるだけでみんなが不安になるのはもっと嫌で、少しでもまともに見えるように足掻《あが》いて、それでも上手《うま》くいかなくて。

　吟のおかげでやっと、少しでも前に進めると思ったのに。奴の指示通りに放送をすれば俺は前以上の恐怖の存在になるんだろう。結局俺がシャチだから全部台無しになる。どうしてこんな目に遭わなきゃいけないんだ。

　……だが、吟を守れる方法がそれしかないのなら――――。

「〰〰っ!!　っっ!!」

　――突如吟が騒ぎ始めた。

　吟は「絶対ダメ！」と訴えかけるように、涙目で俺を見つめながら必死で首を横に振る。こんな状況になってもなお、俺が「シャチ」になることを止めようとしていた。

「お、大人しくしてろ！」

　梅本が慌ててハサミを見せつける。しかし吟は動じない。

「う〰〰っ！　ん～っ！」

　開かない口で懸命に叫ぶ。命すら危ぶまれても仲間のために果敢に飛び込むファーストペンギンが、今も俺を鼓舞している。

「吟……」

　吟はいつだって俺を信じてくれて、諦めないでくれた。だったら俺も「シャチ」を受け入れちゃダメだ。諦めちゃダメだ。

俺は覚悟を決めた。――――奴《やつ》の言いなりにはならない。

ひとまずはこの場を潜《くぐ》り抜《ぬ》ける。梅本《うめもと》をブチのめしてやる。

少なくともこの件が教師たちに知られるところになれば奴は処分を受け監視下に置かれることにはなるだろう。それでもなお隙をついて吟《うた》に牙を剥《む》くと言うのならどうすべきか
……………、いや、今はとにかく、吟を一秒でも早く安心させることを優先するしかない。

梅本との距離は五メートル弱。俺が飛びかかって押さえつけるより、奴が吟にハサミを突き刺す方が早い。だがもし一瞬でも隙があれば……。

――――本当に頼りになる奴だと思った。

突如放送室内に異音が鳴り響く。さっき床に捨てた俺の携帯が震え、一緒に放り投げた鍵にその振動を伝えている。

……蓮也《れんや》だ。授業が始まっても俺と吟が教室に戻ってこないことに異変を感じたんだろう。一度これっきりだと言い捨てた俺を今も気にかけて、約束を守ってくれた。

「!?」

梅本の意識が一瞬だけ携帯に向く。

今だ、――そう思ったときにはすでに体が動いていた。力が溢《あふ》れてくるのを感じる。俺はまだシャチだけど、もう一人じゃないのだから。

東京タワーで吟の「先生」に任じられた際、真っ先に思い当たったスキルがある。危な

っかしい吟が身を守るため、あるいは俺が矛や盾になるため、最優先で身につけなければと思ったのは護身術だった。

当然すぐに本で読んだ。それだけじゃない。

——ちょっと練習もした。いいいいい、

縮地。

足で蹴り出すのではなく自然落下を利用して体の軸を傾けることで素早く移動を開始する技。単に速いだけではなく、動き出しに気づくのを遅らせる効果がある。

「へっ……!?」

梅本が間の抜けた声を漏らした頃には、奴は俺の間合いの中にいた。意表をつけば奴は武器を吟に突きつけるのではなく自分の身を守るために使う。その咄嗟《とっさ》の行動に合わせる。

短刀取り。

梅本が伸ばしてきた右腕の外側に体を入れ、相手の肘と手首の間に左の前腕を当てがって、巻き付くように手首を掴《つか》む。そのまま奴を引っ張って後方を向かせ、足元が揺らいだ隙に手首を外側に捻《ひね》ってやる。

「グアっ！」

手首も肘も可動域を超えて曲がりそうになり、あとは軽く押すだけで奴は自然に倒れていった。

「まだだ……！」

地に伏してもまだ安心はできない。奴《やつ》の腕を引いて無理やりうつ伏せにする。右手首を捻《ひね》りながら持ち上げ、膝で腕全体を左腕の方に押してやる。これで手首も肘も肩も極《き》まった。梅本《うめもと》はたまらず脱力していき、俺はハサミを奪い取って遠くに投げた。

制圧完了だ。

「……っ⁉」

梅本は一瞬のできごとに唖然《あぜん》としていた。俺自身一連のスムーズさに驚いていた。以前吟《うた》と蓮也《れんや》が言っていた通り、練習を積んだ俺は中々に良《い》いぞ……？

「て、テメェ！　離せよっっ！　この女がどうなってもいいのかよォ⁉」

「暴れると折れるぞ。吟！　先生を――」

言いかけてすぐに飲み込んだ。吟の足は震えていて、動けるような状態じゃなかった。

助けを呼ぶなら俺が、コイツを押さえつけたままやらなければ。

「……来い！」

この部屋にはおあつらえ向きな設備がある。俺は梅本を引きずってマイクに近づいていき、赤いボタンを押した。

『だ、誰か！　助けてください！　放送室で梅本という生徒が刃物を持って女子生徒に……！　すぐに誰か来てください！　犯人は押さえつけています！　誰でもいい！　早く！』

学校中に俺の声が流れていく。

……必死だった。そして物理的に手が足りなかった。

『シャチてめぇ！　羽柴《はしば》吟がどうなっても知らないぞ！』

『っ……！』

不覚にも梅本に発言を許してしまった。慌てて放送を止めてももう遅い。

これじゃ俺が吟を守ったことが知れ渡ってしまう。梅本が流した噂《うわさ》がより浸透して、吟の立場は益々《ますます》悪くなることに……。

――――いや、待て。

今なら全校生徒に呼びかけられる。この状況はチャンスでもある。吟の噂を上書きするための、二度とないチャンスだ。

俺は右手で梅本の顔を握って口を塞ぎ、壁に押さえつけた。

「グワっ……!?」

そして再び、放送を開始した。

『梅本、二度と羽柴吟に手を出すな。彼女は学校中に忌み嫌われた俺に手を差し伸べてくれた優しい子なんだ！　俺は彼女に救われたんだよ!!』

俺なんかの言葉がどこまで響くのかはわからない。だけど真実だ。吟はシャチと同類なんかじゃない。シャチにすら慈愛を与えてくれた俺にとっての救世主だ。それだけでも信じてほしくて、俺は心の底から叫んだ。

『グゥ……っ！　は、はにゃ、せ……！』

梅本《うめもと》が抵抗する。目はまだ死んでいなかった。このままで済ませてたまるかと俺を睨《にら》み続けている。

だったら、これも言っとかないとな。

俺にとっては全てを失う方法でも、――吟《うた》を守るためならば。

『梅本、お前はこう言ったな？　俺がお前に復讐《ふくしゅう》したら、お前はその報復を吟にすると。まったく、馬鹿馬鹿しい。破綻しているのに気づかないか？』

俺はあえて口をフリーにしてやり、代わりに首根っこを掴《つか》む。額同士がぶつかるほどの距離に奴《やつ》の頭を引き寄せて思い切り睨みつけた。

『俺に目をつけられた時点でお前は死ぬ。死体がどうやって動く？』

『し……たい……？』

『ああ、なぶり殺しにしてやるよ。生まれたことを後悔するほどの苦痛を与えてやる……！　生きたまま細切れにして魚の餌にしてやる……！　肉も血も余さず俺のおもちゃにしてやるからな……！』

俺はシャチになりきった。

『ひ、ひぃ……！』

梅本は顔を真っ青にして情けない声を漏らした。力が抜けていくのがわかる。奴は俺を噂《うわさ》ほどの危険人物ではないと判断し、だからこそこの凶行に臨んだ。

だが、それが誤解だとしたら？

『好きなだけ怯《おび》えてろ。さあ、何から失いたい？　指を一本ずつ噛《か》みちぎってやろうか？それとも景気付けに腕一本一気にいくか？』

『や、やめ……、ご、ごめんなさい！　ごめんなさいごめんなさいごめんなさい！』

シャチに屈服する様を全校生徒に聞かせてやる。俺を舎弟にするだと？　そんなもの誰が信じる。もう吟には手出しさせないし、人質に取ったところで何も成せない。コイツの作戦は完全に崩壊した。

『やめてじんじん！』

『!?』

吟の声がした。吟はガムテープを剥《は》がし、目に涙を浮かべていた。

『じんじんはそんな人じゃない！　私のために怖いフリしないでよ！　みんな信じて……！　じんじんは――』

俺は慌てて放送を止める。

「――誰よりも優しい人なのに……」

吟《うた》は膝から崩れ落ちた。

……いいんだ、吟。俺を庇《かば》わなくていい。そんな声を誰にも聞かせたくない。俺は今日から恐怖のシャチに戻る。そんな奴《やつ》の味方でいなくていいんだ。

ふと、梅本《うめもと》が重くなった。どうやら恐怖のあまり失神して立てなくなったらしい。俺が手を離すと床に倒れ、だらしなく手足を伸ばす。

「クソ野郎……！」

俺が吐き捨てた言葉ももう聞こえていまい。

これで終わった。全部終わったんだ。

俺は吟の隣に座り、震えている吟の手を握った。

「吟、ごめん。俺のせいで巻き込んだ。怖い思いさせて本当にごめん」

どう詫《わ》びればいいか見当もつかない。しかし吟はこの期《ご》に及んで俺の心配をしていた。

「私こそごめん……。私のせいでじんじんがシャチって言われちゃう……」

「吟のせいじゃない。俺が勝手にやったことだ。俺がどうなろうと吟を守りたかったんだ」

結局俺は好きな子のために無茶《むちゃ》をしてしまったのだと、言いながら気がついた。だけど後悔はしていない。今後もするつもりはない。

「……やっぱり私じんじんに何もしてあげられなかった。それどころか足引っ張っちゃったよ」

「そんなことないよ。何度も言ってるだろ？　俺は吟《うた》に救われたんだ」

確かに俺は吟と出会う前と同じ暗闇に戻る。きっと二度と出られることもない。だけどいいんだ。思い返せば、俺は最初からこう感じていた。

「吟が俺を助けたいと言ってくれた時点で、俺はもう幸せだった。俺を助ける理由なんて何もなかったはずなのに」

俺を仲間と呼んでくれたこと。俺をまともな奴《やつ》だと信じてくれたこと。俺がこんな立場にいるのは間違っていると断言してくれたこと。そのどれもが俺にとっては何より甘く、どれだけ望んでも手に入らないものだった。一度はこの掌《てのひら》の上にあったという事実だけで、あとはどんな苦痛も耐えられる。それほどの宝物を吟はくれたんだ。

吟はゆっくりと俺に顔を向ける。口を曖昧に動かして言い淀《よど》んで、やがて何かを決心するように大きく息を吐いた。

「……じんじんは誤解してる。私はじんじんが思うような人じゃないの。本当はね、理由はあったんだよ。私の勝手な理由」

「え……？」

太ももの上に乗せた小さな手をぎゅっと握って、吟は俯《うつむ》いた。

気まずそうに、言いづらそうに、視線を落として唇を振るわせる。くっきりとした丸い目が悲しそうに歪《ゆが》んでいく。打ち明けるのにそれだけの恐怖が伴う秘密を、吟はそっと漏らす。

「……前の学校はね、すごく楽しかったの。クラスのみんな仲良くて、担任の先生も優しくて、毎日幸せだった」

吟は訥々《とつとつ》と語り始める。これはきっと東京タワーでは聞けなかった転校に至った理由の話なのだと俺は直感した。

「先生はちょっとおじいちゃんでね、去年で引退だったの。長く先生をやってるのに一度も自分のクラスが行事で優勝したことがないってしょんぼりしててさ、……だったら頑張るしかないじゃん？」

吟は力無く笑う。その表情が全てを物語っていた。

「でもダメだった。体育祭は私が大事なとこでバトン落としちゃったし、合唱祭は思いっきり音外すし……。とにかく私が何やっても下手で、全部私の失敗で負けちゃった。先生もクラスのみんなも私を責めたりしなかったけど、何だか余計に情けなくなっちゃって」

吟は溢《あふ》れる涙を指で払う。

「できないだけならよかったけど、そのせいで誰かに迷惑かけちゃうのはどうしても嫌だなぁ……。私のせいで仲間が悲しい顔をするのは耐えられなくて……」

俺は数学のテストを思い返していた。吟のあの落ち込みようにも今なら合点がいく。吟にとってはトラウマを抉《えぐ》られるような体験だったんだろう。

群れで生きるペンギンは仲間を大事にする。だからこそ、仲間を大事にできていないと感じたときに受けるショックも大きいのかもしれない。周囲が気にしなくていいとどれだけ言い募っても、きっと吟《うた》は傷つくのを止《や》められない。

「それでわざわざ東京まで逃げ出しちゃった。バカみたいだよね。じんじんに比べたら小さな悩みなのに」

「……人と比べる必要はないよ。自分が辛《つら》かったら遠慮なく辛いって言っていいんだ。世界一不幸な人しか泣いちゃいけないわけじゃないだろ？」

吟は一瞬ハッとした表情を見せ、気恥ずかしそうに座り直した。立てた両膝に耳のあたりを乗せ、俺に微笑《ほほえ》みかける。だがその目は潤んでいた。

「じんじんはいつだって私に優しかったね。……なのに私は、じんじんを利用するみたいなことして……」

「利用……？」

「じんじんの事情を聞いて、私が力になれるって気づいて、すぐに飛びついたの。だって仲良くするだけなら私にもできるから。それで誰かのためになれたら、何か変わるんじゃないかって思ったの。本当は全部自分のためだったんだよ」

「……」

やっと合点がいった。吟が俺を助けようとした理由。

吟は自分の無力さを嘆いていた。何もできない奴《やつ》と自分を責めていた。だが吟には、ペンギンのような人懐っこさでどんな相手の孤独も振り払える力があった。

そんな折に目の前に現れた、孤独に喘《あえ》ぐシャチ。

吟は俺の立場が改善されるたびに自分のことのように喜び、どんな負担を請け負うことになっても救える手立てを探した。それはきっと自分を救うためでもあったんだ。自分にもできることがあり、迷惑をかけるどころか救うことができる。吟にとっては過去の失敗を乗り越える絶好の機会で、だからこそ俺にあんなにもこだわった。

つまり――、

「吟にも、シャチが必要だったんだな」

孤立して一人身動きできずにいたシャチが、彼女には必要だったんだ。俺が仲間にしてくれるペンギンを求めたのと同じように。

「私はじんじんが期待してるような立派な人じゃないんだ。じんじんは一人っきりなのがずっと辛かったのに、私はまるでそこに乗っかるみたいなことしちゃったの。……ゴメンね、じんじん」

吟はそれを「利用」と呼ぶのか。俺にとっては降って湧いた希望でしかなかった。あれだけのものを俺に与えておいて、俺に謝っているっていうのか？

……おかしな話だ。

「じんじんはいっつも私を気にかけてくれて、すっごく嬉《うれ》しかったけどずっと申し訳なかったの。じんじんは私と違って何でも上手にできる天才でさ、迷惑ばっかかける私なんかと一緒にいなくてもいい人のはずなのに」

「……そんなことないよ。俺は本当にダメな奴《やつ》なんだ」

「また謙遜して。いい加減認めてよ」

「いや、本当なんだ」

俺にはできていないことがある。どんな本を読んでも答えを見つけられない、究極の課題が残っている。

「俺は吟《うた》と出会ってからずっと、『ありがとう』より強い言葉を見つけられずにいる」

ずっと無力さを感じていた。何ができようとも、何を褒められても。

吟が俺を利用してしまったなんて思うのは、俺が吟からどれだけ希望を貰《もら》っているのか伝えきれていないせいだ。

「じんじん……」

「俺の存在が一時でも吟のためになれたなら嬉しい。俺こそ吟には何も返せていないと思っていたから」

結局、俺はシャチへと逆戻りして吟の献身を無為にしてしまった。吟が輝ける場所、吟にとっての海を探すという恩返しも果たせなかったというのに。

……せめて。

無駄ではなかったのだと、吟の力は俺の心を劇的に変えたのだと伝えたくて、俺は足りない頭で必死に言葉を探した。

「ダメな俺でも、吟が隣にいてくれたら何だってやってみようって気になれた。勇気を出して飛び込んでみようって思えた。自分でも想像できなかった力を出せた。……何もできないなんて言わないでくれ。吟は他の誰にもできないことをしてくれたんだ」

離れ離れになったって俺は忘れない。シャチを群れの一員にしてくれた勇敢なペンギンを一生忘れない。吟との思い出が心の中にあるだけで、前とは違う俺として生きていける気がするんだ。

人に勇気を与える。上手《うま》く名前はつけられないけど、それが吟の才能だったのだと思う。

吟は俺の辿々《たどたど》しい言葉を噛《か》み締《し》めるように聞いて、やがて寂しそうに呟《つぶや》いた。

「じゃあ私にとっての海は、じんじんの隣だったのかもね」

エピローグ

あれから一週間が過ぎた。

「……チッ、偽装ヒーロー作戦の一番大事なとこは『偽装』って部分だったはずなのによ」

「本当にな」

俺と蓮也《れんや》は未《いま》だ消えない梅本《うめもと》への怒りをブツクサ呟《つぶや》きながら、教室で共に昼食を食べている。奴《やつ》は自主退学扱いでとっくに消えたとはいえ、俺は一生許すつもりはない。

「……まあ、結果色々好転したけどよ」

「一応はそうだけど、あいつのおかげではない……！」

口調と表情は恨み節のまま、あの事件の功績をお互い噛《か》み締《し》めていた。

まず一番大切な部分。吟《うた》の悪評について。

蓮也が梅本からあの噂《うわさ》を吹き込まれたとき、蓮也は「あんなボッチ野郎の耳に届いているなら相当広まっている」と分析していた。しかし現実には発信源がボッチのあいつだった。必然、噂を流そうにも言う相手が蓮也くらいしかおらず、実際には全く広まっていないことが判明した。

「騒がせやがって。無駄に仁野《じんの》と喧嘩《けんか》しちまったじゃねぇか」

「まったくだ。絶対許さん」

俺たちは一緒に買いに行った牛丼をかっこみながら鼻息を荒くした。吟と決別したことも、そのせいで蓮也に叱られたことも、全くの取り越し苦労だったことになる。

あの事件を経て吟の評判はむしろうなぎ登りだ。俺が放送で叫んだのが多少なりとも効いたのか、吟は「あのシャチに人の心を取り戻させつつある人」と評判になっていた。むしろ全校生徒から感謝されるような立場になったくらいだ。

その成果あって、

「仁野、今日も吟ちゃんを家まで送ってやれよ」

「当然だ。一瞬も目を離さないぞ」

俺は堂々と吟と一緒にいられるようになった。俺が一人でウロウロするより吟が横で見張ってくれていた方が周囲の人たちは安心するらしいのだ。今やシャチには「飼育員」がついている。その飼育員がまるでペンギンみたいな子なのだから俺の飼われっぷりはなかなかのものに見えるそうだ。

「仁野も……まあ、随分マシになってんな」

「梅本じゃなく俺の力だけどな」

シャチ伝説の方も書き換えられつつあった。図らずも「偽装」が取れてただのヒーロー作戦になったあの事件は、思いの外好意的に受け取られていた。

まず、俺の呼びかけに応じて駆けつけてくれた教師陣は口々に俺を讃《たた》えてくれた。とんでもない不祥事を未然に防いだんだもんな。呼んだくせにさっさと鍵を開けなかった点だけは突っつかれたが、吟《うた》と話せるのはもう最後だと思っていたんだから多少は許してほしい。

生徒たちのリアクションも上々。刃物を持った男に素手で立ち向かって女の子を救い出したというエピソードはよっぽど強烈だったらしい。倒した相手が学校中に「何だあいつ？」と煙たがられていた梅本《うめもと》だったこともあり、悪役としては適任も適任だった。放送中の俺の「シャチ」っぷりは我ながらあっぱれな出来で、あの後蓮也《れんや》に「流石《さすが》にオレでも怖かったぜ」と評されたほどだった。しかし、最後の最後で吟が俺を庇《かば》ってくれたことが功を奏した。

俺には大切にしている人がいて、その相手からも信頼されているという様は、俺を人間らしく感じさせたらしい。少なくとも心ない殺戮《さつりく》マシーンではないことが十二分に伝わった。

もちろんあの一件で俺がより怖くなった人もたくさんいるだろう。「シャチは実は怖くなかった」のではなく「シャチが改心しつつある」と受け取られただけで、俺の噂《うわさ》は根本から解決したわけじゃない。

だけど俺は悲観していない。これからも吟が隣にいてくれるなら、明日《あした》はもっと良《い》い日になると確信できる。

「結果はどうあれ絶対許さないけどな……！　吟を怖がらせるなんて……！」

「当ったりめぇだ！　いくら吟ちゃん本人がケロッとしててもオレが許さねぇ！」

俺たちは憮然《ぶぜん》とした表情のまま手を合わせてご馳走様《ちそうさま》のポーズを取り、俺が蓮也の分まで容器を回収してビニール袋に詰める。

「……次音楽だったよな？　もう教室行っとくか？」

俺は袋の取っ手を縛りながら提案する。以前から俺と吟の交流を目撃していた同じクラスの人たちはもう随分俺を信用してくれているようで、こうして蓮也と行動を共にすることも問題なくなった。俺はついに友達《ともだち》と一緒に教室を移動するという夢を叶《かな》えられるのだ。

「あ、悪《わり》ぃ。オレ午後サボる」

「は⁉」

問題は蓮也がつれないことだ。……どうにかして勉強の楽しさを刷り込んで学校ジャンキーにしてやらなければ。

蓮也は「じゃあな」と軽く挨拶だけしてさっさといなくなってしまった。であれば仕方ないと俺は気を取り直し、一人音楽室に向かう。

「あ、じんじん！」

ドアを通り過ぎようとしたとき、付近で友人と輪になって喋《しゃべ》っていた俺の大菩薩《だいぼさつ》が声をかけてきた。

「吟《うた》……」

今日も殺人的に愛らしい。「可愛《かわい》い」の擬人化。天使とペンギンと美少女を足して三で割っていない究極の生命体。勘弁してくれ。そんな弾《はじ》ける笑顔を見せられたら血液が逆流してしまう。

「もう移動するの?」

「ああ。一緒に行くか?」

「あ～……、う～ん、ごめん先に行ってて。今ね、あのときのじんじんの活躍っぷりを語り継いでるとこなの」

周囲の女子たちから「これがあの……!」とでも言いたげな視線を一斉に浴びせられた。毎日見かけているだろとツッコミを入れたくなったほどだ。一体吟はどれだけ大袈裟《おおげさ》に盛って話しているのか。

吟があの一件で一番印象に残ったのは恐怖体験ではなく俺の躍動だったらしい。直後の事情聴取の時点ではすでに嬉《うれ》しそうに俺の話をできる域にまで達しており、心配する教師たちを困惑させていた。トラウマにならなかったのは不幸中の幸いなのだが、こうも持ち上げられっぱなしだとソワソワして仕方がない。

「今度私にもあの技教えてね。達人みたいなやつ」

「それは……そうだな。なるべく早くやろう」

護身術は絶対に必要だ。今後も俺が隣で代わりに警戒心を発揮するつもりとはいえ、自分で身を守れるように仕上げておくに越したことはない。

驚いたことに周囲の女子たちも「ぜひそうしてあげて」と言いたげにうんうん頷《うなず》いていた。俺は彼女たち一人一人と目を合わせ、無言で忠誠を約束した。

「……じんじん、あのね、改めて。あのときは本当にありがとね」

吟はペンギンのように小首を傾《かし》げて、照れくさそうに微笑《ほほえ》む。あまりの眩《まぶ》しさに身体《からだ》が蒸発しそうだ。

「何回言うんだよそれ。も、もういいって。あれは俺が巻き込んだんだし……」

あれ以来ことあるごとにご褒美を下さる。群れの仲間にならば何を見せても構わないと思っているのか人目も憚《はばか》らない。苦言を呈するのは信者としては心痛を伴うが、恥ずかしくてたまったもんじゃないのでもう勘弁してほしい。

「私さ、シャチってあだ名を『怖い人』って意味じゃなくて『生態系の頂点にいる人』って意味にすり替えていこうと思ってるの」

「ん……？」

「じんじんは何でもできるし、とっても頼りになるし、人の上に立つにふさわしい人物だと思うのです。プロデュースは任せて！」

「……」

任せてと言われても俺には荷が重いんだが……、まあいいか。吟《うた》が望む俺になれるよう全力を尽くそうじゃないか。

それに、今回の騒動でちょっとだけ自分に自信がついた。結果的に俺は吟を守ることができたし、自分の言葉が誰かに届くこともあるのだと実感した。あまり自分を卑下するとこれだけ持ち上げてくれる吟に悪いし、自分のことを「俺なんか」と言ってしまうクセを治していけたらなと思っている。

「あ！　そうだ、私次はベースを弾いてみたいんだけど、一緒に挑戦してくれない？」

「……！　わ、わかった。任せてくれ。先に練習しておくから」

「待って、本読むとこで止めといて！　差がつきすぎちゃう！」

俺は曖昧に頷《うなず》きながら、吟の注文を無視すると決め込んでいた。俺がしっかり身につけておいた方が先々まで見据えた指導ができる。帰ったらすぐに情報収集だ。

周りの女子たちから向けられる微笑《ほほえ》ましそうな視線が嬉《うれ》しくも苦しくなり、俺は吟に別れを告げて一人廊下を進んでいく。

結局単独行動になってしまったけど、ここのところ俺は一人のときでも案外平気だった。多分俺は孤独が辛《つら》かったのではなく、孤独な奴《やつ》だと思われて惨めなのが辛かったんだと思う。

今は一人のときも孤独じゃない。少なくとも俺はそう思える。だからもう大丈夫だ。

音楽室に辿《たど》り着《つ》く。夢に突き動かされたせいで俺の移動は気が早すぎたらしく、教室内はまだがらんとしていた。

——しかし、ただ一人だけ生徒の姿があった。俺はその人物を見た途端硬直する。

彼女は俺に歩み寄り、扉の窓を覗《のぞ》いて誰も来ていないか確認した。そして、

「……仁野《じんの》君」

噛《か》み締《し》めるように俺の名前を呼ぶ。俺はただただ動揺していた。喉が締まって声が出ない。

「急にゴメンね。えっと、……私のことわかる？」

細長い指で髪束を耳にかけながら、彼女は遠慮がちに問いかける。

この学校で彼女を知らない奴なんていないだろう。シャチ伝説とは真逆のベクトルで、学校内どころか全国にその名は知れ渡っている。転校してきたばかりの吟の耳にも届き、あまり学校に来ていない蓮也《れんや》も存在を把握していた芸能人だ。

声優として活躍する傍《かたわ》らでアーティストとしても活動中。弱冠十六歳とは思えない演技力と歌唱力に加え、見る者全てを問答無用でうっとりさせてしまうようなルックスでも人気を博しているという。どうしてこんな普通の高校で当たり前に過ごしているのか不思議な人物だ。

「…………北爪有希乃《きたづめゆきの》」

俺はやっとの思いで彼女の名前を口から漏らした。

俺が狼狽《ろうばい》しているのは彼女が有名人だからではなかった。動悸《どうき》が激しくなる。会話をする日なんて来ないと思っていたし、今更来なくてもいいとも思っていた。どんな顔で立っていればいいか見当もつかない。……なぜだ？　なぜ今になって……彼女が？

北爪《きたづめ》は「やっぱりわかるんだ」とばかりに蠱惑《こわく》的に微笑《ほほえ》んだ。

「仁野《じんの》君に聞きたいことがあるんだけど、いいかな？」

聞く者を凍り付かせるようなゾッとする美しい声で、彼女は俺の返答を待たずに本題を告げる。

「どうしてあのとき、私を助けてくれたの？」

北爪有希乃《ゆきの》は、————熱帯魚事件の真犯人だ。

俺は当時まさか彼女が芸能人様だとは知らずに、分不相応にも彼女を意識してしまった。こんなに綺麗《きれい》な人間が存在するのかと驚いてそのまま好意を抱いてしまった。……窮地に陥っているなら助けてあげたいと願ってしまう程度には。

しかし、彼女と話せた感動など今更ない。そんなことより彼女の口ぶりが気になった。

「……気づいてたのか？」

北爪は知っていたんだ。熱帯魚を死なせてしまったのは自分だったことも、俺が犯人の座を奪ったことも。

「随分あとになってから……ね。友達《ともだち》とあの熱帯魚の話になったとき、『サーモスタットの設定がめんどくさかったよね～』って言われて……。何それって思って調べたら、水温を管理する機械なんだね」

熱帯魚の本当の死因は温度管理の失敗。彼女は機械の存在も知らなかった。なるほど、それじゃ死なせてしまうのも当然だ。

「あの日私が日直だったのはよく覚えてたし、もしかしたら私のせいだったのかもって思ったの。やっぱりそうだったんだ？」

「……」

「あのときはありがとう。あと、本当にゴメンね。私を庇《かば》ったせいで、仁野君は大変なことになっちゃったんだもんね……？」

「それは……」

俺が学校中の嫌われ者に堕《お》ちたのは彼女のせいではない。あくまで俺がやり方を間違ったからだ。頼まれてやったことでもなく、北爪からすれば貰《もら》い事故でしかない。

「本当はもっと早く仁野君と話すべきだった。なのに私、仁野君を信じきれなかった。あれからずっと、あなたを目で追ってたの。きっと良《い》い人なんだと思ったけど、……もしかしたらすごく怖い人なのかもって考えたら勇気が出なくて」

正直無理もないとは思う。日々とんでもない噂《うわさ》が飛び交っていたのだから。大体、縁もゆかりもない男に脈絡なく庇《かば》われるってだけで結構な恐怖体験だろう。しかも自爆しているのだから目も当てられない。

頭では理解しているんだ。俺が彼女を咎《とが》める権利なんてないと。なのに俺は一人でモヤモヤしていた。彼女への好意が消え去ってしまうくらいには。

……真実に気づいていたから何だと言うのだ。彼女がそれを周りに伝えようとしたところで、俺が脅して言わせているだけだと受け取られた可能性が高い。彼女にできることは何もなかった。

「でもね、仁野《じんの》君」

北爪《きたづめ》は少しの怯《おび》えも見てとれない瞳を向けてきた。モデルとしても活躍できそうなスラッとした長身で、俺を思いっきり見上げる形になる吟《うた》とは違って視座が近かった。

「最近の仁野君を見てやっと確信が持てたの。仁野君は、私を守ろうとしてくれたんだって。仁野君、今まで本当にごめんなさい」

「……いや、もういいんだ」

話ができて良かったと素直に思った。勝手に抱えていた胸のつかえが取れたような気がした。

彼女の心境の変化は、きっと吟のおかげなんだろう。相変わらず俺は吟からもらってばかりだ。……でもまあ、最近は俺もちょっと頑張ったしな。

「じゃあ、本題に戻るね」

「え？」

ふと、北爪の雰囲気がガラッと変わった気がした。自信ありげな表情は、そのままステージに立てそうなほど完成されていた。

「それで、どうしてなの？　どうして私を守ってくれようとしたの？」

「……！」

本人に面と向かって言えるはずがない。それに、過去のこととはいえ口にすると勝手に吟を裏切ったような気になる予感がして、俺は口篭《くちごも》ることしかできなかった。

「フフ、まあ、大体想像はついてるんだけどね？」

「っっっ……!?」

北爪は何の衒《てら》いもなく言いのけてクスクス笑っていた。全身から汗が吹き出てきた俺とは違い、彼女はまるで男子が自分に惚《ほ》れるのは自然の摂理と言わんばかりの余裕の態度を見せる。それを傲慢と思わせないほど、彼女の美貌は飛び抜けていた。脳内が吟で満たされている俺から見ても綺麗《きれい》だとは思うのだから相当だ。

北爪は俺を翻弄するだけ翻弄しておいてそれ以上追及することなく、唐突に提案する。

「ねえ、本当のことみんなに話そうか？」

「え……？」

「ただ、結構リスクがあるんだよねぇ……。私、目立つ仕事をしてるでしょ？　多分面倒なことになると思うの。『自分の失敗を押し付けたせいで男子生徒がいじめられてる』みたいなこと面白おかしくネットに書かれそうだし」

「うわ……それは……！　だったらやめた方がいい！　絶対に！」

この学校の奴《やつ》らは確実にやる。俺のように校内で騒がれる程度じゃ済まない。全国規模で妙なデマが流れることになってしまう。そりゃ今まで言い出せなくて当然だ。俺は彼女にとんでもない迷惑をかけていたのだと今更自覚した。

「いいの。仁野《じんの》君のためならね。でも代わりに一つお願いがしたくて」

北爪《きたづめ》は一歩俺に近づいて、息のかかる距離で俺を見上げる。獲物を追う肉食獣みたいな瞳と白く透き通った肌が、シロクマのような威圧感を放っていた。

「私と付き合ってくれる？」

「………は？」

何を、言い出すんだ、この人は……？

全国的に愛されているような彼女が、俺と、付き合いたい……？

「あっ！　じんじん！」

「っ!?」

突然吟《うた》が勢いよく音楽室の扉を開けて飛び込んできた。待ってくれ、ただでさえパニッ

ク状態なところに俺の全細胞をオーバーヒートさせる存在が現れたら身体《からだ》が四散する。えっと、何だ？　俺どうすればいいんだ今？

ある意味絶好のタイミングで横槍《よこやり》を受けた北爪《きたづめ》は、仕留め損なっちゃったとばかりにつまらなそうな表情を一瞬だけ見せた。そして何も知らない吟《うた》は目を爛々《らんらん》と輝かせている。

「って、えぇ!?　北爪さんとお話してるの!?　あ、あの、私もいつか仲良くなりたいなって思ってて、その……」

誰にでも屈託なく話しかけられる吟がまさかの緊張をしていた。一方北爪は人が自分に気圧《けお》されるのには慣れていると言わんばかりの、余裕の笑みで対応する。

「吟ちゃん、だったよね？　よろしくね♡」

清廉なアイドルが放つ純白のオーラの中に紛れて、敵意をギラギラさせているように見えるのは気のせいだろうか。

南極の被食者・ペンギン。

北極の捕食者・シロクマ。

奇妙な取り合わせの二人を、海の中からシャチが見る。

あとがき

作者のタカハシです。興味を引かれるものが溢《あふ》れている世の中でこの本を手に取っていただきありがとうございます！

まっすぐにラブコメを書きたいという夢を抱えて生きてきました。ラブコメは世界を守るために魔王と戦うことはあんまりないですが、もっと身近な日常の中にも人々が勇気を振り絞る瞬間が溢れていることを教えてくれます。自分もいっちょ頑張るかと思わせてもらえるし、現実的には魔王よりはるかに恐ろしい確定申告にすら立ち向かう勇気が湧いてくることだってあります。私にもそんな物語が作れたらと願っていたので、挑戦する機会を頂けて震え上がりました。

本作のヒロインはよく言えばとても勇敢です。多分魔王には一瞬でやられてしまいますが、周囲を突き動かす力だけは有り余るくらい持っている子に育ってくれたらなと思っています。まんまとやる気になっている主人公と併せて、この先も見ていたい二人だと少しでも思っていただけたら嬉《うれ》しいです。

MF文庫J

好奇心100 & 警戒心0。この子はペンギンですか?

2025年 2月 25日　初版発行

著者　タカハシヨウ

発行者　山下直久

発行　株式会社 KADOKAWA
〒102-8177 東京都千代田区富士見 2-13-3
0570-002-301（ナビダイヤル）

印刷　株式会社広済堂ネクスト

製本　株式会社広済堂ネクスト

Printed in Japan　ISBN 978-4-04-684551-1 C0193

好奇心100
&
警戒心0
この子は
ですか？

警戒心0のペンギン

「寝てる………!?」

抱っこして!
お姫様のやつ!
好奇心100のペンギン

……ちゃんと掴まっとけよ！
うん！

全部吟のおかげだよ。ありがとう
良かったねぇじんじんじん！
やっとじんじんをちゃんと見てくれる人が
現れたんだねぇ……
羽柴吟《はしばうた》
仁野鋭《じんのえい》
『ペンギンとシャチは仲良し計画』チーム結成です！

錦木蓮也 にしきぎれんや
聞いたぜ？
二人の計画のこと。上手く行ってるぜ

好奇心100&警戒心0。
この子はペンギンですか？

CONTENTS